Absinthe n'y touche

Le Collectif *Absinthe n'y touche*
Alicia Alvarez, Andréa Deslacs, Camille Salomon, Cynthia Rouzic, Fabienne Boerlen, Léa Carroué, Marin' Maltese
& Philippe Aurèle Leroux

Absinthe n'y touche

© 2019 Collectif Absinthe n'y touche

Illustration : **Sarah D. Fortier**
Textes d'introduction : **Alicia Alvarez (nouvelles), P.A.L (poèmes)**
Correctrices : **Alexiane Thill, Alicia Alvarez**
Maquette : **Philippe Aurèle Leroux**

Edition : BoD - Books on Demand
12/14 rond-point des Champs Elysées
75008 Paris
Imprimé par BoD – Books on Demand, Norderstedt
ISBN : 978-2-3221-5178-3
Dépôt légal : Février 2019

Ce recueil a été créé par un collectif d'autrices et d'un auteur, à l'occasion du premier anniversaire des éditions Noir d'Absinthe. Son thème – *Absinthe n'y touche* – avait été lancé comme une boutade, lors de l'appel à textes *La folie et l'absinthe*, organisé par Dorian Lake et dirigé par Émilie Chevallier Moreux.

Il est également l'occasion pour le collectif de remercier ces derniers pour l'excellence du déroulé de cet événement passé et pour la très bonne ambiance qu'ils avaient su y insuffler, pas même ternie par la déception de la non-sélection des membres du collectif.

La lune nous voulions, elle était hors d'atteinte,
De notre encre espérions marquer de notre empreinte,
Les pages vénérées de l'anthologie sainte.
Émilie n'entendit, hélas, pas nos complaintes.

Quelle folie était-ce aussi de partir sans crainte,
Ferrailler de nos plumes en tierce, en quarte, en quinte ?
Les nouvelles cardinales nous touchèrent de leurs pointes,
Le combat fut loyal, elles n'usèrent d'aucune feinte.

Dorian, jamais notre amour ne sera défunte,
Pour ces chères éditions dont tu tombas enceinte
Il y a douze mois : nous levons tous nos pintes,
Pour souhaiter une longue vie à Noir d'Absinthe !

Philippe Aurèle Leroux
pour le collectif *Absinthe n'y touche*

Niwie Ninon
Fabienne Boerlen

*« Il avance vers le danger,
par amour et conviction.
Il sent son cœur se serrer,
enseveli sous la passion. »*

Alors que le soleil entame sa descente vers l'horizon, Amaël sent la fatigue le gagner ; ses muscles sont endoloris par la longue et rapide marche entreprise depuis la veille, dès l'aube, pour atteindre son but : la mythique forêt de Niwie. Cet objectif ne quitte pas ses pensées : les plants d'Absinthe de Niwie sont l'ingrédient principal du remède qui pourrait soigner Ninon, sa petite sœur condamnée s'il ne rentre pas à temps à Doriana. Ses yeux se remplissent de larmes à l'évocation de la fillette, mais le jeune homme se reprend vite : il doit rester concentré et ne pas être submergé par ses émotions.

Une dizaine de minutes plus tard, Amaël retrouve le sourire. Le sommet de la colline lui offre une vue dégagée sur la plaine. Il aperçoit enfin la forêt ! Sans s'en rendre compte, il accélère le pas, porté par son enthousiasme. Le Dorianais inspire profondément. Il est conscient du danger qu'il encourt : nul n'est jamais revenu de cette quête et nombreuses sont les légendes au sujet de la fée verte, Absinthia, gardienne des plants. Les doutes s'insinuent dans son esprit. Que deviendra Ninon s'il échoue ? Il ne supporte pas l'idée d'être responsable de la mort de sa sœur. Il faut qu'il réussisse. Il se remémore l'itinéraire que lui a donné le vieux sage du village. Amaël doit traverser la rivière et continuer en direction du couchant. Il fouille dans ses poches, en sort une petite poupée de paille et de rubans, cadeau confectionné par sa cadette pour lui porter chance. Son courage renforcé grâce à ce talisman, il pénètre dans les bois.

Il chemine pendant une bonne heure, surpris de constater le calme qui règne en ces lieux. Il traverse la rivière et part vers l'Ouest ; le jeune homme s'émerveille de la légère odeur qui flotte dans l'air. Serait-ce celle des plants d'Absinthe ? Son regard est attiré par une clairière d'où émane une douce lumière surnaturelle. Il approche de son but, il le sent. Aucun bruit ne trouble le silence, si ce n'est les écureuils jouant dans les branches et le chant des mésanges pourpres, dont la saison des amours débute. Quelques minutes d'observation suffisent à le convaincre qu'il n'y a pas de Fée en vue. Croyant en sa chance, le jeune homme avance prudemment vers les plants. Il tend la main et touche des doigts les feuilles des arbustes tant convoités.

— Arrête !

Amaël fait volte-face. Devant lui se tient une créature magnifique : des cheveux aussi noirs que le plumage d'un corbeau dansent au creux de ses reins et encadrent un fin visage, où deux yeux émeraude scintillent de vie. La bouche pulpeuse et rouge tranche avec la légère teinte verdâtre de sa peau. Habillée d'une robe moulante dévoilant ses formes généreuses, l'apparition arbore deux longues ailes dans son dos, semblables à celles des libellules.

Absinthia.

Bouche bée, le jeune homme semble hypnotisé par la Fée.

— Ne sais-tu pas que ces plants sont sous ma garde ? Nul ne peut les toucher sans que je donne mon accord.

— J'en suis conscient, Dame Absinthia. Ils sont toutefois nécessaires à l'élaboration d'un remède pour sauver la vie de ma sœur Ninon.

— Vous avez tous une bonne excuse pour me les voler...

— Mais elle n'a que sept ans ! objecte Amaël.

— Assez ! Nous débattrons demain, suis-moi !

Le jeune garçon obéit sans opposer de résistance, obnubilé par la Fée. Il n'a même pas conscience de ses actes. Ils arrivent finalement près d'une grande maison en bois, recouverte de mousse. Amaël remarque plusieurs hommes de différents âges qui accueillent Absinthia telle une déesse. Ils s'empressent de lui offrir de quoi se sustenter. Apercevant le nouveau venu, ils se montrent agressifs, crachant sur Amaël ou le bousculant, mais ces provocations cessent d'un simple claquement de doigts de la maîtresse des lieux. La Dame saisit Amaël par la main et ils franchissent ensemble le seuil avant de s'installer au bout d'une grande table en bois.

— Sois le bienvenu chez moi. Mets-toi à l'aise, voyons. Mes mignons vont nous préparer un repas. Tu resteras ici pour la nuit et demain, si tu le souhaites toujours, tu pourras prendre ce dont tu as besoin pour sauver ta sœur.

— Je vous remercie, mais je ne peux m'empêcher de m'interroger. Pourquoi m'avoir demandé de venir en votre demeure alors que j'aurais pu cueillir les plants tout à l'heure ? Je serais déjà en route pour mon village et les chances de survie de Ninon auraient été plus grandes.

— Je veux te faire découvrir l'hospitalité légendaire de Niwie. Sache que nul n'est prisonnier ici.

— Je rentrerai donc demain, affirme Amaël avec conviction.

— Si tu le dis. Mangeons à présent.

Des hommes apportent de lourds plateaux de nourriture, avant de se retirer, non sans avoir flirté avec Absinthia.

Après ce repas plutôt cordial, la Fée se rapproche d'Amaël et passe ses mains dans ses cheveux bruns, lui caresse la joue et lui susurre à l'oreille :

— Je vais te faire découvrir le plus doux et le plus enivrant des breuvages, réalisé à partir des pousses de mon absinthe. Ils produisent une boisson unique, que nul être en dehors de la forêt de Niwie n'a jamais goûtée.

La Dame se place devant un coffre en bois, marmonne des paroles incompréhensibles pour Amaël, psalmodies en langue féérique sans doute, qui déclenchent l'ouverture du mécanisme. Elle en sort une bouteille contenant un liquide vert, et différents ustensiles. Le jeune homme n'a jamais rien vu de tel. Il souhaite obtenir des réponses, mais Absinthia l'en empêche en plaquant son index sur les lèvres du curieux.

— Il s'agit d'un rituel sacré que tu vas avoir la chance de contempler. Respecte la solennité de l'instant.

La Fée s'empare de deux verres délicatement ouvragés dans lequel elle verse un peu d'absinthe, puis pose sur chacun une des cuillères en argent sur lesquelles elle place un cube de miel cristallisé. Elle ajoute lentement l'eau d'une carafe par-dessus. Lentement. Très lentement. Amaël ne comprend pas ce qu'il se passe : lorsque les gouttelettes entrent en contact avec le liquide vert, celui-ci change de couleur ! Quelle magie est-ce là ? Remarquant la stupéfaction de son hôte, Absinthia arbore un air ravi. Elle plante ses yeux émeraude dans ceux noisette du Dorianais et sourit en lui tendant un des verres. Elle ondule son corps tel un serpent qui s'approcherait de sa proie.

— Bois, Amaël. Le petit garçon que tu es au fond de toi deviendra un homme viril. Je te propose de vivre des expériences que tu ne connais pas encore. Bois !

Captivé par la fée, Amaël capitule sans résistance. La boisson coule le long de sa gorge. Le goût ne ressemble à rien qu'il ait déjà expérimenté, mais il se révèle étrangement savoureux. Son corps s'échauffe, brûle même, sensation troublante et agréable à la fois. Absinthia, toujours proche de lui, commence à le caresser et à déboutonner sa chemise. Elle remarque le renflement dans le pantalon d'Amaël et sourit : le jeune homme est plutôt gâté par Naturia de ce côté-là, elle va passer un bon moment. Amaël est cependant encore apathique. La Fée décide de prendre les devants et l'embrasse à pleine bouche, se frottant sensuellement à lui. Il retrouve finalement ses esprits et lui rend ses baisers. Amaël se réjouit : il va perdre sa virginité avec la plus belle créature de l'Univers. Absinthia l'entraîne dans une autre pièce au centre de laquelle se trouve un lit à baldaquin. Elle fait asseoir le jeune homme sur le bord, s'agenouille face à lui et commence à le débarrasser de son pantalon. Avec doigté, elle contemple avec gourmandise le membre prometteur du garçon qui ne dit mot de peur de briser la magie de l'instant. D'une main douce, la Dame entreprend de caresser cette preuve de virilité. Le plaisir gagne rapidement Amaël, très réceptif à ces attentions féminines ; il gémit. Il s'imagine posséder la belle créature et lui procurer la même ivresse. Il se sent puissant, invincible. Lorsqu'Absinthia commence à le lécher, c'en est trop. Amaël ne peut retenir l'explosion qui le submerge.

— Un puceau ! peste-t-elle. Pourquoi a-t-il fallu que ce soit un puceau ? Maudits soient les puceaux !

Frustrée, la Fée tourne les talons, claque la porte de la chambre et s'en va choisir quelques autres partenaires. Amaël, épuisé par ses deux jours de marche et ses émotions, se couche et s'endort rapidement dans les draps de soie, sourire aux lèvres.

La lumière du soleil effleure la joue d'Amaël qui se réveille dans la forêt. Sa soirée de la veille lui revient en mémoire, tout comme le plaisir qu'il a éprouvé. Absinthia. Où est-elle ? Pourquoi l'a-t-elle expulsé de sa demeure ? Le jeune homme considère le paysage autour de lui et remarque qu'il se trouve dans la clairière où poussent les plans d'absinthe. Ses pensées se bousculent.

Ninon, Absinthia.

Absinthia, Ninon.

Il peut prendre quelques plants et sauver sa sœur. Il est encore temps.

Absinthia.

Ses yeux, son corps, sa bouche.

Ninon.

Sa mère, qui perdrait ses deux enfants s'il ne revenait pas.

Absinthia.

Non, Ninon doit vivre, il doit rentrer à Doriana.

Sa décision est prise, il cueille un plant d'absinthe, puis deux. L'odeur lui évoque celle du breuvage préparé par la Fée. Il aimerait tant en avoir avec lui, savourer une nouvelle fois ce goût qui lui rappelle tant le plaisir intense éprouvé la nuit dernière.

Absinthia.

Il secoue la tête, tente de chasser ces images de son esprit et avance vers le bord de la clairière. Chaque pas lui pèse, le choix est cornélien : sauver sa sœur ou écouter son corps et aller chercher ce qu'il réclame.

Ce que chaque cellule de son être réclame.

Faire ce qui est juste ou ce qu'il a envie de faire.

Ninon.

Sa main agrippe la poupée dans sa poche et l'en extirpe. Amaël la contemple ; ses convictions renforcées, il décide de partir, de s'éloigner au plus vite de cet endroit maudit. Jamais il n'aurait dû hésiter une seule seconde.

— Amaël !

Une voix résonne dans la clairière. Le jeune homme se fige. Il doit pourtant progresser, il le sait. Ninon compte sur lui, alors il ordonne à ses jambes d'avancer, mais elles n'obéissent pas.

— Amaël, rejoins-moi ! Ta sœur ne t'apportera jamais le bonheur que tu as éprouvé avec moi. Suis-moi et je t'enseignerai des plaisirs plus intenses encore. Je t'apprendrais à être plus endurant et tu pourras me posséder. Je sais que tu en as envie.

L'image de Ninon s'impose à Amaël : elle est alitée, faible, sa mère pleure à son chevet.

« *Amaël ! Pourquoi ne reviens-tu pas ? Ta sœur a besoin de toi. J'ai besoin de toi, ne me laisse pas seule. Reviens.* »

— Viens vers moi, tu en as envie. Viens…

Le jeune homme s'effondre un instant sur le sol. Toutes ces voix dans sa tête lui donnent le tournis. Il est perdu, il ne sait plus où aller. Il s'efforce de se concentrer sur sa respiration, de se calmer.

Enfin, il comprend ; il comprend où est sa destinée.

Il se relève lentement, jette un dernier regard sur les collines qu'il devine au travers les arbres et disparaît dans la lumière étincelante.

La petite poupée de paille et de rubans violets lui glisse des doigts.

— Désolé, Ninon. Repose en paix.

D'argile et d'ezatrium
Andréa Deslacs

« *Orc quelque peu maladroit,*
Guidé par un vice grisant,
Laisse le professeur pantois,
Ce vase est-il insignifiant ? »

Il est des rêves que seuls caressent des prix Nobel (de médecine).

Assis sur son minuscule tabouret, Urbain tremblait. Ses poings verts se serrèrent sans que cela empêche un frisson. Même dans ses épaisses chaussettes en laine, il sentait ses gros orteils tressauter. Il craignit que ses ongles jaunes fassent des castagnettes dans ses sabots. En revanche, ce n'était pas pour cela qu'il transpirait. Sa bouche s'avérait terriblement sèche, mais fiévreux comme il l'était, il ne voulait pas attirer l'attention du professeur Gaspard Kovatchi sur lui. À travers le voile rouge et dense qui rendait son regard brillant, il fixa le vieux scientifique.

Le professeur n'affectionnait pas la blouse blanche comme ses confrères. Il ne portait pas non plus le tablier des mécaniciens, mais un complet avec chemise crème, veston brun à rayures jaunes et pantalon en tweed.

À l'orée d'une grande découverte, on ne peut pas s'habiller comme un sac ! Que diraient les muses ? Que dirait la Science d'être dévoilée par un cul terreux en salopette tachée d'huile, de graisse et d'ezatrium liquide ?

Urbain, lui, n'en disait rien. Il n'en pensait pas plus d'ailleurs. L'orc savait qu'il devait son poste d'assistant à ce vieux lutin aux longues oreilles vibrant au rythme de ses fredonnements, occupé à bricoler sa machine. Une aubaine une fois la longue guerre de 77-78 terminée, alors qu'Urbain avait essuyé un violent coup de hache naine sur le haut de son crâne.

Urbain écrasa une larme du dos de son poing. Il se retint de sangloter. L'évocation de l'infirmerie de la Grande Bataille le mettait toujours dans tous ses états. La gentillesse du professeur aussi, mais il devait contenir son émoi. Il l'avait promis.

Il baissa la tête et observa le sol. À ses pieds, il découvrit un minuscule elfe ailé danser une gigue en tapant sur un tambourin. Urbain se redressa vivement. Il se sentait brûlant, la poitrine palpitante, les tempes également. Il darda un œil sur son chef qui n'en finissait plus de régler avec une grosse molette les engrenages de sa machine. Voilà, il ne devait pas quitter des yeux son sauveur. Et résister ! À tout ce qui se tramait en marge de son champ visuel, qui se dandinait, voulait attirer son attention, et qui n'existait pas. N'EXISTAIT PAS ! Autant croire à la présence d'Humains dans le monde... Urbain devait se reprendre. Il percevait dans la poche intérieure de son veston le lourd objet qui reposait contre son cœur. Non. Il avait dit NON !

*

Inconscient du trouble de son assistant installé au fond de son atelier, le professeur Gaspard Kovatchi sifflotait de contentement. Le travail avançait bien. Il plaça le dernier tube de son système de décantation pneumofluctuant. Une vis de fixation glissa entre ses doigts potelés et un juron s'échappa de la volumineuse barbe blanche qui masquait sa bouche. Il se précipita au bas de son échelle. Il appuya sur la gâchette qui délivrait une dose de sciure à l'élémentaire de feu de sa lampe frontale et scruta le sol. Avec son immense baie vitrée qui donnait sur le jardin, l'atelier bénéficiait d'un bel ensoleillement, mais pour retrouver un objet aussi petit au pied de son chef-d'œuvre de douze mains de haut, mieux valait mettre toutes les chances de son côté.

Enfin, si l'un des elfes imaginaires qu'Urbain me raconte voir dans les recoins de la pièce ne chipe pas ma vis ! Ah, la voilà !

Ainsi, le professeur n'avait même pas eu à appeler son assistant afin qu'il scrute le carrelage. Ce qui était préférable, car ce pauvre orc, un peu débile, mais pas plus que ceux de son espèce, faisait l'affaire pour passer un coup de peinture sur les murs, balayer le sol, casser la vaisselle à défaut de la laver, mais pas pour accomplir des tâches qui demandaient de la précision.

Le professeur se releva et contempla son duplicateur, son réplicateur. Une œuvre magnifique alliant la grâce de la tuyauterie en plomb forgé aux arabesques en verre de Tolède. Les engrenages décorés à l'or fin entraînaient le mouvement du soufflet qui montait et descendait la température de chauffe des vases de dilatation, d'extension et de bouillonnement de l'ezatrium liquide. Certes, pour des raisons esthétiques, Gaspard devrait trouver une solution pour masquer les câbles électriques qui offraient leur puissance aux larges éventails de plume en charge de refroidir les tubes de bronze... Mais comme il était magnifique, son réplicateur !

On ne peut concevoir de belles choses sans un bel écrin.

Bientôt, il serait prêt pour le jour, J : la présentation de sa création aux notables et aux autres membres de la Chaire d'Ingénierie Ezatriospatiale. Et là, il choisirait un sublime vase en porcelaine nymphique pour sa démonstration. Pour l'heure — et vu le nombre de ses échecs récents... —, une poterie achetée deux sous au marché suffirait.

L'esprit revenu à son triomphe, sûr de ses derniers calculs, le professeur fixa l'ultime tubulure avec la vis récupérée. Parfait ! Cette fois, cela devait marcher ! Il le sentait jusqu'au bout de son béret et de ses boutons de manchettes !

— Urbain ! Je crois qu'on y est ! Lance le condensateur, mon garçon !

Dévorant sa création des yeux, le lutin entendit l'armoire à glace lui servant d'assistant se lever de son minuscule tabouret. D'un pas un peu hésitant, mais lourd, l'orc rejoignit la double dynamo verticale à droite de l'atelier. Urbain se mit à pédaler pour faire tourner les roues de chaque côté de sa selle. L'électricité crépita à ses pieds.

Le professeur le laissa chercher son rythme de croisière. Il n'enclencherait pas tout de suite la manette de lancement du réplicateur. Il préférait que les efforts d'Urbain remplissent déjà les batteries. L'énergie ainsi accumulée compenserait les à-coups de pédalage si son assistant dérapait soudain de sa chaise.

Ça n'arrivera pas, je lui accorde ma confiance ! Et il me l'a promis !

Le scientifique consacra toute son attention aux derniers réglages.

— C'est parti, mon titi ! clama-t-il en abaissant une manette aussi grande que lui.

L'ezatrium monta dans les jauges. La pompe à aspiration d'argile se mit en marche. L'éjecteur d'eau débuta le mélange. Le vaporisateur à sable s'enclencha pour parfaire les proportions. Sur son tour, la poterie pivotait à une vitesse folle. Un rameau de plumes d'oiseau rock vient en frôler la surface pour en dessiner les contours. Dans la seconde partie de la machine, une première goutte d'argile s'abattit sur un disque tournoyant. Un pêne de plumettes vibrait sur le côté de la niche, repoussant tout dépôt qui dépasserait de la zone autorisée.

Une immense chaleur envahit le professeur. L'excitation lui comprimait la poitrine. Ses joues se gonflèrent d'anticipation, contenant son futur cri de triomphe. Ses bras s'apprêtaient à se dresser vers le ciel pour signifier son exploit !

L'orgue du réplicateur se mit en route. Un « sol » puis un « si » retentirent, liés aux volutes d'air chaud libéré par l'ezatrium. Le liquide précieux bouillait dans les canalisations en verre avec d'énormes bulles vertes. Sur la tablette ronde, un magma d'argile dessinait un vague socle. Gaspard trépignait. Un « fa » et de nouveau un « si » vibrèrent dans l'atmosphère. N'était-ce pas un peu tôt pour que surviennent ces notes ? Un « la » et encore un « si » résonnèrent.

— Non ! Non ! Non !

Malgré toutes ses prières et ses doigts qui empoignaient sa barbe, Gaspard entendit le terrible « ré » s'enclencher.

*

Urbain haletait comme un fou, les sabots en feu sur le pédalier, les mains crispées sur le guidon qui lui évitait de tomber ou d'être projeté en avant. Son ancienne cicatrice sur le crâne le brûlait, ses narines étaient dilatées comme des cornes de brume et des volutes dansaient devant son regard.

— Non, non, non !

Non, il n'y avait pas une fée verte affublée d'une perruque blonde qui voltigeait en l'air, juste devant son nez. Et sa robe blanche ne se soulevait pas quand elle soufflait des baisers à fleur de visage !

Non, ces trois minuscules nains, qui tapaient en rythme sur des pots de pigment doré, ne ricanaient pas en prenant des paris sur son échec.

Non, une grue n'était pas en train de nager la brasse en marge de son regard, pour disparaître dès qu'il tournait la tête pour la fixer.

Il rugit :

— NON ! NON ! NON !

Une explosion répondit à sa vocifération. Un bruit atroce, puissant, cisaillant.

Les tubes de verre s'étaient brisés. L'ezatrium jaillit et repeignit Gaspard Kovatchi et le sol. Une vapeur acre et verte se dégagea du professeur. Un accès de toux le plia en deux. Les plumes d'oiseau rock voltigèrent à travers la pièce et Urbain manqua d'en avaler une. Une tige mobile se dessouda du réplicateur. Elle passa au-dessus des fesses et de la tête du lutin, toujours ployé en avant par ses quintes. En revanche, la barre frappa la poterie et la propulsa à terre. Gaspard glapit de peur avant de se remettre à tousser. Il ne vit pas les flammes qui dévorèrent le soufflet dans son dos. La peau de son cou rougit, ses vêtements roussirent. Les langues embrasées, repoussées par l'haleine de l'orgue fou, se rabattirent droit vers le petit homme. Urbain bondit.

— Professeur !

Ni une ni deux, il saisit le lutin, le jeta sur son épaule, et l'éloigna de l'incendie. L'orc attrapa un tonneau d'ezatrium et le fracassa sur la machine. Tout le mécanisme trembla, un tuyau se décrocha, mais le feu s'éteignit.

— Professeur, ça va ? paniqua-t-il.

Ce dernier sanglotait.

— Professeur ? s'inquiéta Urbain devant l'état déplorable de son supérieur.

— J'ai... avalé... les... vapeurs... pique la gorge ! Et mes yeux aussi...

— Oh ! comprit Urbain.

Il renifla. Maintenant que l'engin n'émettait plus de gaz ni de fumées préoccupantes, il jugea que cela empestait davantage que lorsqu'il enlevait ses chaussettes.

— Venez, patron, il vaut mieux sortir.

Il conduisit le vieux scientifique dans le couloir avec la douceur qu'il réserverait à un enfançon. Gaspard ferma un instant les paupières, respira profondément et parut enfin se calmer, se remettant de ses émotions ainsi que de son échec. Quand il rouvrit les yeux, il adressa un regard triste à son assistant. Il lui tapota l'une de ses mains géantes.

— Merci pour tout, Urbain.

L'orc se sentit bête et tout aussi désolé que son chef. La culpabilité lui tordait le ventre.

— Je crois que j'ai un peu cassé le réplicateur quand j'ai jeté la barrique sur les flammes.

Le professeur inspira de nouveau avec lenteur. Il pensa à redresser ses longues oreilles avant de répondre :

— Je la réparerai. Il n'y a pas de soucis, Urbain.

Les yeux du lutin devaient encore picoter, car un voile humide les recouvrait. Il chassa ces larmes malvenues du dos de la main et remarqua enfin la couleur verte ayant aspergé sa tenue.

— Je crois que je vais devoir me changer. Je suis couvert d'ezatrium. Pourras-tu nettoyer le labo d'ici à mon retour, Urbain ?

L'orc hocha la tête et laissa son maître partir d'un pas difficile.

*

Urbain passa sa grosse main sur son visage. La fatigue courbait ses épaules. Sans compter qu'il avait soif...

Non !

Il détourna la tête des deux gnomes qui couraient sur place au sommet d'un engrenage immobile du réplicateur.

Je ne boirai pas !

Pourtant, il était vraiment assoiffé. Il n'avait pas économisé son énergie pour tenter de remettre l'atelier en ordre. Il avait réparé l'un des tuyaux descellés. Il avait ramassé le verre éparpillé par terre. Il avait récupéré toutes les plumes d'oiseau rock et s'était ingénié à les replanter dans les peignes. Le sol était presque propre, il ne restait qu'une petite zone à lessiver. Il tenait encore d'un côté un balai muni d'une serpillière et de l'autre un flacon de savon de Maxilia à l'olive verte. Mais sa fatigue était trop importante pour qu'il achève tout de suite sa mission.

Il décida de s'accorder un peu de repos. Il s'accola contre la baie vitrée. Son mouvement amena la bouteille dissimulée dans son gilet à lui rentrer douloureusement dans les côtes. Il tenta de l'ignorer. Il colla son front contre la surface translucide.

Le soleil régnait dehors, ce qui l'arrangeait, car cela repoussait les ombres en partie responsables des hallucinations qui peuplaient sa vie ces derniers temps. Un grand frisson le fit tressaillir. Si son tremblement était d'abord dû au manque, il se transforma vite en autre chose.

Même si elle ne le voyait pas, Urbain se redressa.

Ariette !

La délicieuse trollette était vêtue d'une robe rose, assortie à son bonnet rond. Son tablier écru cintrait sa taille, mettant en évidence des courbes généreuses. Quand elle posa dans l'herbe son gros panier à linge, cela fit ressortir son popotin brioché.

Urbain sentit ses intestins se nouer. La sueur recouvrit sa peau tandis qu'il haletait. Pour raffermir son équilibre, il plaqua son balai contre lui. Il se révélait tout aussi raide que lui.

Ariette entreprit d'étendre les vêtements qu'elle s'était chargée de laver. Elle commença par épingler un caleçon. Urbain en fut très troublé. Il papillonna des cils et ferma très fort les yeux. Pas d'elfes volants ni de gnomes ricaneurs derrière ses paupières closes. Juste un peu de dentelles qui flottaient dans son esprit. Ses paumes devinrent moites, sa langue sèche. Il se reprit. Non, la culotte n'avait pas assez de froufrous et était trop petite pour appartenir à la servante. Il devait s'agir d'une culotte du professeur.

Urbain ne tint pas et jeta encore un œil dans le jardin. Avec la volupté de la baleine et la grâce d'une autruche, Ariette continuait d'étendre les habits du maître. Elle se baissa pour en attraper un autre dans son panier.

— Non !

Un volcan embrasa les joues de l'orc, un second son bas ventre. Ses oreilles sifflèrent, ses poumons se bloquèrent. Il aurait dû savoir ! Il aurait dû y penser ! Surtout en trouvant tous les matins son linge bien amidonné et repassé dans le coffre de sa chambre. Ariette séchait ses caleçons à lui !

Il songea à ses mains puissantes de granite qui caressait le lin de ses pantalons, au visage rosi de la belle par l'usage d'un fer pour plier les chemises d'Urbain, à la présence d'Ariette dans l'intimité de sa chambrette pour poser ses affaires…

Non, non, c'était trop !

Urbain s'éloigna à toute vitesse de la vitre. Tant de pensées érotiques le noyaient. Il éprouvait des difficultés à respirer. Il plaqua ses larges paumes sur sa poitrine comprimée. Il avait mal.

Trop.

Alors, il la saisit, cette fameuse bouteille interdite. Cette maudite et affreuse fée verte ! Cette sorcière qui le tenait par l'addiction et avait rongé son corps depuis la fin de la Grande Guerre !

Certes, il avait promis au professeur… Pas plus tard qu'hier encore ! Tout comme avant-hier, d'ailleurs, et le jour d'avant aussi… Mais là, maintenant, ce n'était pas de sa faute !

Une gorgée, c'était tout !

Urbain fit sauter le bouchon de son flacon d'absinthe. Il n'avait pas de sucre, mais c'était lui qui allait fondre si l'alcool ne l'aidait pas à retrouver son calme. Le liquide s'engouffrait dans sa bouche quand la porte de l'atelier s'ouvrit.

Urbain planqua la bouteille dans son dos.

— Me revoilà, Urbain ! chantonna le professeur dans un costume bleu rayé de brun. Tout frais, tout propre, prêt à un nouvel essai. Et ici, tout va bien ?

— Oui… oui, bégaya l'orc. Je finissais de tout remettre en ordre…

Il devait cacher son flacon, ou du moins le contenu, sinon son maître serait fâché. Triste aussi. Alors... Urbain tourna le dos au lutin et vida l'absinthe restante dans l'ezatrium. Les deux liquides avaient la même couleur. Cela ne se remarquerait pas. Il cala la bouteille entre deux mécanismes où il serait sans doute broyé et l'orc se retourna pour montrer son travail à Gaspard.

— Et voilà ! Le réplicateur, tout beau, tout neuf ! déclara-t-il.

Il recula contre la machine, nerveux. Soudain, Urbain l'entendit...

Le « clac » de la manette qui démarrait le système. Puis, un bruit de verre pilé et un « dong » d'un engrenage qui se déplaça retentirent. Puisant dans la batterie, l'appareil se mit en branle sans avoir besoin d'un quelconque pédalage. Urbain se retourna avec effroi.

Le liquide vert de l'ezatrium trafiqué monta dans les tuyauteries. Les canalisations brisées libérèrent les vapeurs sans que l'orgue ait à prévenir d'un échec par son alerte habituelle « sol si facile à cirer ! »

Et la poterie qui tournait...

— Urbain ! paniqua le professeur.

Les plumes ne tenaient pas sur le peigne. Une tige de fer raya soudain le vase. Un son crispant en jaillit.

— Urbain ! hurla le vieux scientifique en se précipitant vers la machine.

— Non, non, non ! s'écria l'orc.

En voulant repousser la manette, elle lui resta entre les mains. Sur le disque rotatif de l'autre côté du réplicateur, de la bouillie d'argile s'agglutinait.

— Imbécile, qu'as-tu fait !

Urbain ferma les yeux et se ratatina sur lui-même.

— Regarde ce que tu as fait de ce vase !

Coupable, Urbain rouvrit une paupière et lorgna dans la direction désignée par les vociférations.

— Quel crétin voudra nous acheter une poterie aussi moche, franchement ?

L'objet du délit tournait toujours, la pointe métallique ripant à sa surface.

— Ah, mais voilà un client. Oh, monsieur Kovatchi, que puis-je pour vous, aujourd'hui ? Un vase ?

Urbain et Gaspard sursautèrent et levèrent les yeux en direction des tuyaux de l'orgue. L'instrument reproduisait la voix tonnante du chef de l'atelier des céramiques ducales :

— Oh, oh, monsieur Kowatchi ! Justement, j'ai une œuvre magnifique à vous proposer. Mon meilleur apprenti est en train d'en finir l'ultime retouche...

— Le réplicateur..., souffla Gaspard, il réplique ! En fait, il agit comme un phonograme : il permet d'entendre les paroles et les sons qui ont été émis pendant qu'on façonnait ce vase ! Quelle découverte fantastique ! Quel bond pour les historiens ! Nous pourrons écouter les objets, tout savoir de leur création et découvrir les voix des temps passés !

Le lutin attrapa les mains de son assistant et se mit à danser.

— Je vais tous les impressionner ! Et si nous allions chercher deux verres et du sucre et qu'on se versait une goutte d'absinthe, mon bon Urbain ? Pour fêter ça !

— Oh, seulement, si vous insistez, chef, parce j'ai promis de ne boire que pour les anniversaires.

— Alors, bon anniversaire ! rit le professeur.

La Fée Verte
Alicia Alvarez

« *Alicia frôlait-elle le burn out,*
avant ce poème, pétrie de ses doutes ?
Pour l'anniversaire, elle bataille et boute
hors d'elle ces tourments ; elle trace sa route ! »

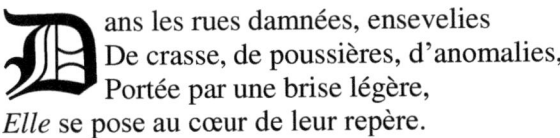ans les rues damnées, ensevelies
De crasse, de poussières, d'anomalies,
Portée par une brise légère,
Elle se pose au cœur de leur repère.

Dotée de son breuvage émeraude,
Elle pénètre chez elles avant l'aube.
Avalé, ce nectar de candeur,
Enivre les nymphes avec pudeur.

L'addiction de l'innocence,
Efface avec prestance,
Toute trace de déchéance.

Un sinistre accord fut donc signé,
Entre *Lui* et la belle entité,
Qui attire là moult particuliers,
Amateurs de pucelles souillées.

Purifiées, elles retrouvent leur vertu,
Pour la revoir aussitôt perdue.
Chaque soir, *Elle* déverse l'absinthe,
Avant de quitter les fausses saintes.

Derrière *Elle*, une traînée verdoyante,
Unique preuve de son passage,
S'étiole peu à peu comme un mirage…
Puis disparaissent ses ailes battantes.

Abominations, Absinthe et Valhalla
Camille Salomon

« *Soldats maudits et immortels,*
Aveuglés par le combat,
Malgré les échecs éternels,
Résisteront à Valhalla. »

*L*orsque la lame me transperça l'abdomen, une douleur atroce et fulgurante m'assaillit. Le combat autour de moi sembla alors se dérouler au ralenti. Un bref instant, j'observai les grimaces déformant les visages de mes camarades. Une impression fugace me traversa : nous avions l'air idiot, nous ressemblions à des pantins désarticulés.

Comme si un coup bien placé ne lui suffisait pas, mon ennemi s'acharna avec un deuxième, puis un troisième, frappant au hasard, sourd à mes implorations inutiles et mes gémissements de terreur. La seule pensée qui emplit mon esprit morcelé fut le plaisir que j'aurais à savourer l'onctuosité d'un vin cuit avec un soupçon d'absinthe. Le remède parfait contre les maux de tête et d'estomac...

J'oubliai vite les grimaces des autres, me recentrant sur mon propre calvaire. Sa lame perfora un organe que j'estimais être le foie... ou bien était-ce un poumon ? Le sang pulsait à tout rompre dans mes tympans, comme excité à l'idée de quitter mon corps, le traître ! Je devins comme beaucoup d'autres : un laissé pour compte, un laissé pour mort. Une marionnette sans fils, au cœur d'une bataille perdue d'avance.

J'avais en bouche le goût métallique du liquide carmin qui inondait mon armure, bien fade en comparaison de l'élixir vert qui me grillait habituellement l'œsophage. Je pris conscience de son état poisseux et à ce moment-là, la coagulation allait bon train ! Peu à peu, mes sens ne répondirent plus. Du bruit et des hurlements, je ne perçus qu'un brouhaha confus et désordonné. Mes paupières devenaient si lourdes, je peinais à garder les yeux ouverts. Et puis à quoi bon continuer à regarder ce macabre spectacle ? Les images s'estompèrent doucement, je ne distinguais plus que des formes et des couleurs. J'avais toujours repoussé l'idée que mon existence puisse se terminer comme celle de ces bougres qui crevaient seuls, dans la poussière et l'indifférence la plus totale. Pourtant, j'en étais là. Je ne commandais plus à mon corps. La douleur, comme par miracle, s'atténua un peu. J'eus froid, ce qui était certainement mauvais signe, car nous bataillions en plein cagnard. La vie me quittait et personne ne venait à mon chevet me murmurer quelques paroles réconfortantes. Nous avions lutté avec vaillance, mais sous-estimé notre ennemi. Une erreur que je me promis de ne pas renouveler si Valhalla m'ouvrait ses portes. Bientôt, il ne resterait de nous tous qu'une masse de chair en putréfaction dont se repaîtraient les charognards.

Rejeté aux pieds de la mort, je distinguais enfin les fameuses Valkyries qui faisaient fantasmer tous les guerriers. Elles étaient fidèles à la description qu'on m'en avait faite : des cheveux de rêve et un corps d'albâtre — aux courbes généreuses — dissimulé sous une fine armure. Elles volaient vers nous, puis emmenaient les plus valeureux à Valhalla où le dernier entrainement avant le Ragnarök les attendait. Lorsque l'une d'elles s'approcha et me tendit la main, le cadavre que je devenais se sentit fier d'être un élu. La chaleur de sa paume au contact de la mienne me fit frémir de désir… Je fus choqué de constater que ce membre-ci ne répondait plus du tout.

Dans un tourbillon de fumée grise et opaque, je fus transporté au pied d'une porte immense, entourée par le vide. Nous nous trouvions sur un sol flottant avec le néant comme seule échappatoire. Quand les Valkyries nous ouvrirent le passage, un paysage de grandiose désolation s'étendait face à nous. À cet instant, j'eus conscience d'avoir été mortel, déjà je n'endurais plus la lourdeur de mon corps d'autrefois. Je me sentais léger, j'aurais presque pu voler ! Nous étions devenus des soldats. Cependant, en franchissant cette porte, je ne rêvais que de faire marche arrière, de connaître une mort différente et d'aller dans un autre monde ; de quitter cet endroit sordide. Les mamelons roses et tendus des vierges guerrières ne m'incitèrent même pas à rester.

Valhalla s'offrait à nous : marécageux, plongé dans les ténèbres, suintant le désespoir. Rien ne laissait penser que nous nous trouvions au cœur d'Ásgard. Désormais, nous batailllerons là, périrons là, et nous relèverons chaque jour. Nous étions immortels, condamnés à nous entrainer à perpétuité. Quand la fin du monde arriverait, alors nous combattrions aux côtés d'Odin. En attendant, Valhalla paraissait pire que Niflhel. Son décor, loin des dorures rêvées et de l'arène immaculée espérée, demeurait apocalyptique et effrayant. Un étrange malaise m'envahissait, qu'importe où mon regard se posait.

Je cherchais le lieu où devaient se trouver les richesses gustatives, ceux que les scaldes et leurs poésies nous promettaient depuis toujours. Où était la viande de cygne ? Où étaient les tonneaux de vin d'absinthe ? Où étaient passés les fruits défendus dont nous nous régalerions avec les beautés sensuelles de ce pays ?

Lorsque je voulus exprimer à voix haute le flot d'émotions qui menaçait de me submerger, je compris que j'étais aphone. Cela me fit l'effet d'un coup de massue. Pourquoi nous envoyer pourrir ici ? Si nous devions affronter le Ragnarök, pourquoi ne pas nous offrir un semblant correct de paradis ? C'était mérité, non ?

Je sursautai, ahuri, lorsqu'un discours grave et rauque résonna dans la brumaille. Il se trouvait là, le trône du Dieu tant chéri, le trône d'Odin lui-même !

Le souverain d'Asgard nous affirma que nous étions morts en héros, il nous félicita et je réussis à esquisser un rictus. Se foutait-il de nous ? Apparemment, non. Il nous confirma que le statut de valeureux guerrier ne nous offrait pas de privilèges et donc, pas de fée verte. Notre destin consistait à braver la fin du monde et pour s'y préparer, il nous fallait affronter bien pire que tout ce que nous avions vu jusqu'alors. Ici, à Valhalla, le danger ne venait pas d'une lance ou d'une épée. Il nous souhaita courage et partit. J'étais comme deux ronds de flanc devant tant de mépris envers les hommes qui avaient combattu en son nom. Si j'avais su, j'aurais ramassé le foin et le crottin ! Ainsi je n'aurais pas eu les honneurs, mais peut-être aurais-je eu la chance d'aller dans le royaume d'Helheim et de boire un coup en plaisante compagnie.

Je jetai des œillades furtives autour de moi. Le constat était accablant : des milliers d'hommes déambulaient sur ces terres fangeuses. Dans cette humidité ne prospérait que peu de végétation, et les arbres présents n'offraient aucune cachette. Leurs premières branches étaient beaucoup trop hautes pour pouvoir y grimper. En plus d'être prisonniers, nous n'avions même pas de facultés hors normes. Nous avions des corps vaporeux et agiles, des armes aussi. Cependant, nous ne pouvions ni voler ni devenir invisibles. En somme, rien d'utile pour vaincre le Ragnarök. Qu'espérait Odin ? Que nous allions contrer la fin du monde avec de simples lames d'acier ?

Lorsque l'excitation — avec un sexe mou, c'était peu commode — et la frustration s'estompèrent pour de bon, je pris le temps d'observer ce qui m'entourait. Nous nous trouvions dans une immense vallée marécageuse, sombre et circulaire. Peu d'arbres donc, mais en revanche, beaucoup de plans d'eau vaseux dont j'ignorais la profondeur. Une brume à même le sol nous empêchait de distinguer sur quoi nous mettions les pieds. La terre était si instable que nous nous embourbions facilement. Nous étions cernés par des centaines de portes. Je ne savais pas ce qui se cachait derrière ces battants, mais voyant que même les anciens guerriers ne les approchaient pas, je préférais m'en abstenir également.

L'envie de prendre mes jambes à mon cou me saisit lorsqu'un imperceptible mouvement attira mon attention à la surface de l'un de ces bourbiers. Les hommes autour de moi se figèrent à la vue des remous qui éclataient comme des bulles de savon. Soudain, une forme surgit, indicible. La créature ressemblait à un être vivant de type amphibien peut-être, sa peau était lisse et huileuse, d'un ton verdâtre, parsemée de minuscules points rouges. Il avait une tête assez fine, bien que je ne la distinguasse pas très bien à cause de toute la bouillasse écœurante qui la recouvrait. Je tentais de me rassurer en me disant que la bestiole ne semblait pas être adroite. En effet, son corps était très gros et très rond. Je fus moins sûr de moi lorsque je vis la quantité de ces monstres qui émergèrent de l'eau. En quelques minutes, Valhalla fut remplie d'une flopée d'amphibiens repoussants. J'avais raison sur un point : ils ne se déplaçaient pas vite. Je me demandais ce qu'on foutait là, tous, si nos combats se résumaient à affronter d'étranges créatures peu réactives. Un homme éventra l'une de ces bêtes, lui perforant le cœur de sa lance. Le crapaud s'évanouit alors dans un millier de petites particules. Autour de moi, tous les anciens agissaient, s'élançant dans la hâte avant de terrasser leurs adversaires. L'un de mes camarades imita nos aînés. J'admirais sa vaillance et me dis que je devrais en faire autant. Je préférais cependant le voir à l'œuvre en premier… au cas où.

Comme la grenouille qui gobe sa mouche, la langue de la créature frappa sa proie en un battement de cils. Elle s'enroula autour de mon ami, vite englué dans un liquide baveux duquel il ne put s'échapper. Lorsqu'elle revint près de sa bouche, celle-ci s'ouvrit, dévoilant un gouffre sans fond. Je me demandai si je n'avais pas bu plus que de raison sur terre pour en arriver là. Le santonicon[1], remède à nos douleurs, ramené de Gaule sur nos Drakkars, était-il à l'origine de ce monde vert caca d'oie ?

---

[1] Santonicon : aussi appelée *Santonique* ou *Absinthe de Saintonge*, la plante, originaire de la Gaule, jouissait d'une grande réputation pour soigner, entre autres, les maux de tête et d'estomac. Elle s'ingérait bouillie, en tisane, puis mélangée au vin, ce qui donna le vin d'absinthe. Ses effets curateurs l'ont fait voyagée des pays nordiques jusqu'au bassin méditerranéen.

Maintenant que j'avais évalué les techniques d'attaque de ces horribles animaux visqueux, le tout était de ne pas finir avalé. Même si à priori, je ressusciterais le soir venu, je n'avais aucune envie de visiter l'intérieur de ce monstre. Comme mes camarades, armé d'une longue épée, je plongeais ma lame dans les corps mous et gras de ces drôles d'ours-grenouilles. Si toutes les créatures ressemblaient à celles-ci, cela pourrait devenir amusant de les combattre chaque jour.

Subitement, la lumière s'atténua, stoppant net tous mes futiles raisonnements. Dans la pénombre, Valhalla était lugubre et son atmosphère oppressante. Les batraciens regagnèrent leur mare brunâtre, à mon plus grand soulagement.

Un chant cristallin s'éleva dans les airs, suivi par un chœur somptueux, à n'en pas douter, féminin ! Mon cœur immobile et figé se réchauffa. Si nous avions réussi le test des monstres amphibies, Odin allait certainement nous récompenser, et ce, en charmante compagnie ! Pitié, faites que mon membre se relève vainqueur lui aussi !

Les voix sensuelles s'unirent pour former une mélopée envoûtante. Tous les hommes cherchaient du regard l'origine de cette cantilène. Certains, au contraire, luttaient contre l'irrépressible envie qui nous poussait vers elles. Je pensai aux légendes de sirènes entendues dans les ports et la panique me gagna. Et si c'était un piège ?

En scrutant l'obscurité, mes yeux furent attirés vers un point rougeoyant à la cime d'un arbre. Je m'approchai à pas de loup, conquis par la mélodie sibylline qui emplissait mes oreilles. Arrivé au pied du tronc, je levai la tête et perçus une femme. Elle était splendide. Vêtue comme une vestale, d'une robe blanche, elle était assise sur une branche et me souriait. Sa peau veloutée était aussi verte qu'une feuille d'anis. Sa chevelure flamboyante cascadait jusqu'aux courbes magnifiques de ses cuisses. Ses yeux étaient d'un bleu profond et sa bouche comme un bouton de rose. Je restai comme un hurluberlu devant un divin spectacle. La créature s'humecta les lèvres et je chancelai, tentant en vain de grimper à l'énorme tronc. D'un bond gracieux, c'est elle qui vint à moi. Elle me faisait face, ingénue. Elle passa ses mains dans ses cheveux, libérant un parfum entêtant, à l'opposé de l'odeur putride qui me donnait la nausée depuis mon arrivée. Elle se frotta à moi, affriolante, et mon guerrier se redressa !

Elle continuait de fredonner, son timbre se fit doux et délicat, jusqu'à n'être plus qu'un murmure à peine audible. Sa voix, comme une araignée, semblait tisser autour de moi une toile indéfectible dont les fils de soie m'emprisonnaient l'esprit. Ma conscience me suppliait d'arrêter de la toucher et de la caresser, mais j'étais tout proche de ma délivrance sexuelle. Quelques hommes comme moi tentaient de se soustraire à cet envoûtement, d'autres, plus faibles, s'adonnaient déjà aux plaisirs lubriques avec ces ensorceleuses.

Soudain, Valhalla se tut. Les femmes cessèrent de vocaliser et dardèrent sur nous un regard fixe. Tout mouvement se dissipa. L'air ambiant devint glaçant. J'observais mes compagnons, certains semblaient perdus, charmés, dans un ailleurs inaccessible. Les autres reculaient et s'échinaient à chercher une arme quelconque tout en se rhabillant. Je les imitais sans me poser de questions. Je découvris un poignard au sol près de moi. Je m'en emparai, paré à affronter cette créature si elle m'attaquait, déçu de ne pas avoir assouvi mon fantasme.

Ce que je vis me révulsa. Le visage de la femme craquela et les fissures déchirèrent sa peau. Elle s'enlaidit alors à une vitesse fulgurante. Ses cheveux devinrent gris et aussi secs que de la paille, ses beaux yeux bleus et son regard de biche se transformèrent en deux cavités noires et béantes. Quant à sa jolie bouche rose et pulpeuse, d'où s'échappaient des notes si mélodieuses, elle se changea en un grotesque sourire. Le paroxysme de cauchemar fut atteint lorsqu'elle ouvrit sa gueule, elle ne possédait plus rien d'humain. Ses maxillaires s'élargirent et me laissèrent entrevoir deux rangées de crocs acérés. J'étais pétrifié. J'avais vraiment, vraiment envie de boire une rasade d'alcool, loin d'en être dégoûté malgré l'imposture de cette fée verte. J'en avais mené des combats, mais jamais je n'avais vu pareille horreur ! Soudain, un premier claquement se fit entendre. Mon voisin n'était plus qu'un tronc sans tête, la créature l'avait coupé net, avait d'englouti son crâne chevelu. D'autres bruits de mâchoire ne tardèrent pas à lui faire écho, mes bons réflexes me sauvèrent la peau. Je l'embrochai avant même qu'elle n'avance pour me gober. Rares furent ceux qui en réchappèrent. La vision de désolation qui s'offrait à moi me démoralisa. Quelle injustice de vivre cela pour l'éternité, alors que nous avions toujours lutté au prix de notre vie. Quelle récompense !

Valhalla n'était pas le paradis des héros : c'était un champ de bataille, le plus terrible qui soit. Nous n'étions qu'une bande d'imbéciles, des élus musclés trop crédules, attirés par la promesse d'une dose d'absinthe quotidienne, accompagnée des caresses de jolies femmes. Maintenant, nous devions assumer notre cupidité et quitte à être ici, essayer de ne pas nous faire bouffer.

Lorsque la nuit s'abattit pour de bon, je compris que le pire était encore à venir. J'admis à contrecœur que nul festin ne nous attendrait au terme de nos journées d'épouvante. Inlassablement, et jusqu'à la fin de ce monde, nous affronterions des abominations. La confusion était totale quand les cent portes de notre arène s'ouvrirent. En plus de la peur qui nous crispait le ventre, nous devions faire attention à ne pas tomber dans les mares, au risque de nous faire dévorer par les amphibiens… L'unique source de lumière dont nous disposions était le flambeau éternel, posé près du trône d'Odin qui surplombait Valhalla… Un éclat scintillant m'aveugla l'espace d'un instant, un reflet. Intrigué, je bougeais sur moi-même à m'en dévisser la tête, c'est alors que je l'aperçus... Une coupe. Le verre brillait comme du cristal, faisant miroiter les flammes du flambeau. J'aurais reconnu le nectar émeraude entre mille. Elle était là ! La récompense du vainqueur !

Des bruits de pas trainants se firent entendre, suivis de gargouillis étranges et peu rassurants. Une chose avançait, mais je la distinguais mal. Je percevais un corps flasque, et des contours encore flous. Les portes déversaient ces créatures par centaines. Même sans les voir elles faisaient froid dans le dos et, malgré mon immortalité, mon envie de vomir était incontrôlable. Lorsque l'aberration passa sous la lumière du trône, je discernais enfin ce à quoi nous avions affaire. C'était un monstre de près de deux mètres de haut qui se mouvait d'une démarche chaloupée et incertaine. Ses bras longs et décharnés lui servaient d'appui pour se déplacer à quatre pattes. Sa peau était blafarde, lisse, sans aucun poil. Çà et là, des plis se formaient, comme les rides chez une personne vieillie. Ce qui me dégoûta le plus fut l'absence de visage. Il possédait bien une tête, dodelinante, sans yeux, ni bouche, ni nez, ni oreilles. C'était un ovale nu. Son dos un peu vouté se terminait par une queue, comme celle d'un rat, recouvert de chair translucide. Un *Grendel*[2].

J'espérais qu'ils n'étaient pourvus d'aucun organe de perception. C'était vrai. Sauf que ces créatures s'avéraient être sensibles aux vibrations. Quelques fous tentèrent de s'abriter. Ils détalèrent comme des aliénés, mais pour aller où ?

Par la faute de ces sots, l'hécatombe commença. Les monstres, affolés par les tremblements du sol, furent pris de frénésie, et attaquèrent leurs proies avec une sauvagerie inouïe. Je n'avais pas encore remarqué leurs griffes, alors recourbées dans leurs paumes. Les

---

[2] Grendel : monstre légendaire, adversaire du héros Beowulf. Créature anthropoïde dont la tête repousse, même tranchée.

corps furent lacérés sans pitié. Moi qui croyais que la douleur n'existait pas dans Valhalla — car après tout, nous étions déjà morts — eh bien, je me trompais.

Je n'avais pas bougé d'un pouce, pourtant l'une de ces bêtes se retrouva face à moi. Mon cœur paralysé me donnait l'impression de faire des bonds incroyables dans ma poitrine. Je n'eus pas le temps d'esquisser un mouvement que sa patte me fit trébucher sur le sol puant du marécage. Ma proximité avec la mare attira un batracien. Son corps gluant s'extirpa avec paresse des eaux, il voulait de la chair à avaler. J'étais coincé. La grosse grenouille d'un côté, la créature simiesque sans visage de l'autre. J'ignorais quelle mort était la moins épouvantable entre se faire gober tout cru ou lacérer par des griffes tranchantes…

Je pus, à mon grand désarroi, vivre les deux expériences. La langue du monstre des marais s'enroula autour de mon buste. Sa salive collait si bien qu'elle m'immobilisa. Mes membres devenaient aussi lourds que des pierres. Mes jambes, quant à elles, subirent la colère du *Grendel*. Il m'entaillait avec ferveur les mollets, furieux de ne pas m'avoir attrapé avant l'autre. Je souffrais un martyre absolu. Nous étions des soldats maudits, immortels, mais capables d'éprouver les sensations humaines. Et ma douleur semblait décuplée tant j'agonisais. L'horreur fut à son comble lorsque mon tronc se fissura. Le choc me foudroya des pieds à la tête. Mes membres inférieurs furent arrachés de mon ventre, doucement d'abord, et puis brutalement. J'aurais dû éclater d'un million de petites étoiles, comme mes camarades. Mais non, je devais attendre d'être digéré avant de disparaître. Ce sont mes jambes qui furent les premières à se dissoudre. Les créatures anthropoïdes ne nous mangeaient pas, ils n'avaient pas de bouche. Ils nous transformaient en grosse bouillie écœurante. Au bout de quelques secondes, mes membres en charpie s'évanouirent dans l'atmosphère. À ce stade, j'espérais quand même réapparaître en entier ! Cela serait difficile sinon pour travailler ma défense ! Enfin, la bête m'engouffra dans sa gueule, emmailloté dans sa langue comme une petite douceur.

Avant de disparaître comme une bulle de savon, je pus voir l'intérieur de son corps. Voilà une chose que je n'aurais jamais cru expérimenter un jour. Comme à l'extérieur, ça sentait la mort, c'était collant et sirupeux. Je priais pour ne jamais revivre cette épreuve avec une ensorceleuse enragée ni subir les coups de griffes d'un *Grendel* sans poil... Pour ça, je me battrais, encore. J'avais l'éternité pour m'entrainer et un objectif : remporter cette maudite coupe, gardienne de l'arôme de l'herbe sainte.

Artémis et l'absinthe
Philippe Aurèle Leroux

*« Prenez garde à l'assenzio
et à l'essence divine
d'Artémis tantôt
belle, prude et coquine. »*

Orazio savait confusément qu'avant de se mettre en chasse, il n'aurait pas dû passer par l'estaminet qui était devenu son quartier général depuis plusieurs semaines. Il l'avait déniché grâce à l'entregent de son ami et compatriote, Bonaventura di Campoluca, qui vivait comme lui d'expédients, de rapines et plus encore de son épée. Ils étaient tous les deux bretteurs de talent, de ces *spadaccini*[3] qui commençaient à hanter les rues de Paris et différentes villes du royaume de France, depuis que François 1er était revenu victorieux de son expédition transalpine. Malgré sa légère ébriété, Orazio devait bien s'avouer qu'il ne pouvait plus se passer du breuvage que son ami lui avait fait découvrir : l'*assenzio* arborait la couleur verte d'une émeraude, à nulle autre pareille, qui se troublait lorsque l'on y versait de l'eau. Le détail de sa conception et de sa composition était un secret jalousement gardé par quelques familles d'herboristes des Alpes italiennes. Son approvisionnement était fort rare et son prix s'élevait en proportion. Le Vénitien y laissait ses pécunes, ce qui l'avait conduit à accepter une mission des plus périlleuses : détrousser un nobliau bien en cour, à la réputation sulfureuse. Le vicomte de Trencavel, originaire d'Albi, s'était établi avec sa fille à Paris, où il se disait qu'il gagnait de véritables fortunes aux tables de jeu. On le prétendait fort adroit au Cent, ce jeu de trente-six cartes fait d'écart et d'annonces. L'avance que lui avait consentie son commanditaire avait permis à Orazio de laisser libre cours à son vice, éclusant un, puis deux, puis trois godets… À dire le vrai, il avait perdu le compte à quelque moment de la soirée, mais il se sentait bien, prêt à braver tous les dangers.

Comme l'avait indiqué l'homme d'Église à l'origine de cette expédition, le maître des lieux quitta son domicile vers dix heures de relevée, menant grand train sur son destrier noir, accompagné de son homme de main. Le Vénitien laissa le temps au valet de refermer la

---

[3] Spadaccini : italien „duelliste à l'épée" (de l'italien *spada*, épée).

porte cochère de la cour et de gagner sa chambrée, avant d'escalader la façade de l'hôtel particulier et de se hisser sur un balcon, non sans avoir plusieurs fois manqué choir. Il inséra la lame de sa main gauche entre les deux vantaux de la fenêtre de l'encorbellement et fit jouer l'espagnolette sans un bruit. Il pénétra le logis d'un pas qui se voulait feutré, mais buta de l'épaule contre un dressoir qui avait inopportunément jailli de l'ombre. Le meuble, mal calé, vibra sur ses pieds, faisant carillonner la vaisselle qu'il exposait.

— Silence ! intima-t-il aux assiettes en y plaquant ses paumes pour en apaiser le tintinnabulement.

Orazio hoqueta d'un rire contenu quand il réalisa qu'il s'adressait à des faïences et des porcelaines. Il était heureux que le domestique dût dormir sous les combles si tard dans la nuit, même s'il n'était pas à écarter que l'un d'eux put effectuer une ronde. Il gagna donc à la manière d'un chat — quelque peu estourbi — le cabinet particulier de l'occitan qu'il était venu détrousser. Une fois dans la place, après avoir pris le soin de bien condamner la porte qui la desservait, il battit son briquet d'amadou pour allumer le chandelier. La lueur des bougies dévoila le masque de cuir sombre qui dissimulait son visage. Il se mit aussitôt en quête des documents dont on lui avait fait la description : une reconnaissance de dette de jeu à la somme rondelette qui ne seyait guère à un homme de Dieu.

Un coffre de chêne, sur lequel reposait une écritoire, attira bien tôt l'attention d'Orazio. Il apprécia le meuble de facture flamande dont les panneaux de façade à motif de fenestrage s'ordonnaient symétriquement. Entre ces derniers, les montants latéraux se paraient de rameaux de vigne dont les entrelacs évoquaient au Vénitien des serpents ondulants. Il dut secouer la tête pour chasser l'illusion de leur reptation et corriger le strabisme qu'avait pris son regard. Le large pilastre central s'ornait d'un fasce de gueules et d'argent, chargé de gravelles de sable, inspiré de la figure héraldique du propriétaire, juste au-dessous de la serrure à moraillon. Le spadassin s'agenouilla devant cette dernière et l'inspecta d'un œil expert avant de se défaire d'une ceinture de tissus qu'il portait autour de la taille. Elle révéla plusieurs crochets de métal et autres passepartouts. Orazio parvint à saisir l'un d'entre eux et tenta d'en user afin que le cadenas lui rendît gorge. Ses gestes étaient hésitants et son choix s'avéra peu judicieux ; moult tâtonnements furent nécessaires pour venir à bout du récalcitrant obstacle, là où la première tentative eut été habituellement la bonne.

Une belle bourse de cuir garnie d'écus d'or et de testons d'argent le récompensa néanmoins de ses efforts ; il la suspendit d'emblée à sa ceinture. Plusieurs jeux de cartes attestaient de la source des revenus du propriétaire des lieux. Orazio s'empara de plusieurs lettres qu'il s'employa à déchiffrer, non sans difficulté : dans l'incertitude qui était la sienne, il fit main basse sur l'ensemble sans discriminer, voyant avantage à conserver par-devers lui des manuscrits dont il pensait pouvoir tirer profit, quoiqu'il advienne. Son forfait accompli, il referma le coffre, le laissant dans l'illusion de son inviolabilité, souffla les chandelles et prit le temps de se réaccoutumer à l'obscurité. Ce fut dans cet intervalle que lui parvinrent du niveau supérieur des soupirs équivoques...

Orazio avait gardé de ses origines vénitiennes un intérêt marqué pour le beau sexe, aussi fut-il piqué au vif par ce qu'il avait entrouï et déverrouilla-t-il sans précaution l'huis du cabinet. Il gagna l'étage, tous sens en éveil. Là, les halètements de ce qu'il espérait être une belle drôlesse le guidèrent jusqu'à l'entrebâillement d'une porte : à la clarté des rayons de l'astre sélène, il distingua alors les convulsions lascives de ce qui avait toutes les apparences d'être un tendron. Allongée sur sa couche, les jambes recouvertes d'un simple drap de satin, la petite offrait au regard d'Orazio les crispations de sa croupe menue et la joliesse de son dos et de ses épaules dénudées. La main gauche de la donzelle agrippait les montants du lit tandis que la droite disparaissait vers son bas-ventre ; la pauvrette tentait de plus en plus difficilement d'étouffer le plaisir que lui procurait son activité forcénée en calant son visage dans un oreiller. Les spasmes de l'inconnue ne tardèrent pas à atteindre leur paroxysme, ce qui la laissa un temps pantelante, avant qu'elle ne se retournât à demi et ne s'emparât de son drap pour s'y ococouler[4]. Sa respiration s'apaisa et se fit bientôt tant régulière qu'elle convainquit Orazio que le sujet de son attention avait glissé dans les bras de Morphée.

Le Vénitien s'introduisit dans la chambre d'un pas souple et s'approcha de l'alcôve afin de mieux apprécier les traits de celle qui avait su échauffer ses sens et attiser sa curiosité.

— *Dio mio, che bellezza*[5] ! souffla-t-il en découvrant le délicat minois de la belle endormie.

L'inconnue offrait à son regard des lèvres pulpeuses qui appelaient aux baisers, un nez droit et gracieux — ni trop grand, ni trop court — et de fins sourcils, fort bien dessinés. Sa chevelure, ébouriffée par son récent affairement, présentait des boucles d'un or pâle. Pour n'être pas encore tout à fait femme, la petite n'en était plus si éloignée, comme le prouvait le vallon que modelait sa poitrine sous les draps. Poussé par une soudaine inspiration, Orazio dégaina son poignard et se servit de sa pointe pour faire glisser l'étoffe. De petits seins arrogants firent leur apparition, dans toute la tendreté et la fermeté de leur jeune âge, que suivirent un nombril délicat et un mont de Vénus à la fine toison dorée. Émerveillé par tant de splendeurs, le spadassin s'agenouilla pour apprécier le profil qui lui était ainsi présenté au clair de la lune. Il fit

---

[4] Ococouler : vieux français signifiant „se blottir"
[5] Dio mio, che bellezza ! : italien „Mon Dieu, quelle beauté !"

courir le plat de sa lame sur la peau soyeuse de la drôlesse, éprouva le maintien du giron ; le froid contact de l'acier hérissa le fin duvet, érigea le téton et arracha un imperceptible soupir à la belle endormie. Orazio détacha son regard de la mamelle pour le plonger dans celui de la jouvencelle. Ses yeux, d'un vert émeraude troublant, étaient ouverts ! Depuis quand l'observait-elle ainsi en se mordant les lèvres, les mirettes tant pleines d'appréhension que d'envie ?

Le spadassin se releva vivement et fit remonter son arme sous la gorge de la greluche ; il posa un index impérieux sur la bouche charnue :

— Silence ! lui intima-t-il à mi-voix en accentuant la pression de sa lame. Quel est ton nom ? poursuivit-il sur le même ton.

— Artémis, messire, murmura-t-elle en retour. Par la Sainte Grâce de Dieu, ne me tuez pas ! s'étrangla-t-elle, semblant enfin comprendre le destin funeste qui pouvait l'attendre.

— Je n'en ai aucunement l'intention, grogna Orazio. Lève-toi !

Elle obtempéra et lui fit face dans son entière nudité, d'un air crâne que démentait l'humidité de ses yeux clairs. Ce faisant, elle appuya, comme par mégarde, sa paume sur la virilité — déjà durement éprouvée — du Vénitien.

— Tourne-toi ! émit-il d'une voix rauque.

Docile, Artémis opéra une volte et colla ses arrières contre la protubérance de son tourmenteur. Orazio plaqua sa dextre sur la bouche de la donzelle et rengaina de l'autre sa main gauche ; il dut s'y reprendre à plusieurs fois tant son excitation était grande. Il promena alors sa senestre sur le corps d'Artémis, de sa poitrine menue à son entrejambe ; elle frissonna sous la caresse. N'en pouvant plus, le spadassin projeta le pâle objet de son désir en avant sur le lit, enfouissant le visage de la petite dans la toile du matelas. Il libéra de sa main droite ce que ses chausses peinaient à contenir et plaqua l'organe turgescent sur l'irrésistible fessier mignon et frémissant. La jeune femme poussa un cri étouffé et se débattit. Si la tête disait non, le conin, lui, chantait une toute autre chanson, ruisselant son assentiment sur les draps, comme Orazio put l'éprouver de ses doigts. Artémis fit toutefois tant et si bien qu'elle parvint à pivoter d'un quart son visage baigné de larmes :

— Pitié, messire ! Je suis pucelle et promise, sanglota-t-elle.

— Que me chaut ? répliqua le Vénitien dans le bouillonnement de son sang.

— Mon futur époux a fait procéder aux examens prénuptiaux et me répudiera à coup sûr si je ne suis pas vierge lorsque je me présenterai à lui. Mon père n'aura alors d'autre choix que de m'envoyer au couvent…

Le temps suspendit son vol un instant, comme dans l'expectative de l'issue de ce drame. Orazio finit par s'affaler sur sa victime dans un grognement de frustration. Il ne pouvait se résoudre à condamner à l'isolement le trésor qu'il avait découvert céans. Ils restèrent un moment ainsi, étroitement étreints, mêlant leurs souffles courts, l'un frottant sa rigidité contre le tendre fruit défendu de l'autre, sans toutefois ne jamais commettre l'irréparable. Il opéra tant et si bien qu'ils furent emportés par le plaisir d'un même ensemble.

— Me viendrez-vous visiter une fois mon mariage consommé ? s'enquit Artémis d'une voix lascive.

— Voyez-vous la drôlesse ! s'esclaffa son demi-amant, *sotto voce*.

— C'est que je vous suis redevable de m'avoir préservée, alors que je vous étais offerte, lui expliqua-t-elle à l'oreille, et que j'entends bien avoir l'opportunité de régler ma dette…

— Quel est le nom du bienheureux qui aura le privilège de pourfendre ta virginité ?

— Jacques de Ravalet, seigneur de Tourlaville.

Orazio connaissait l'homme de réputation, un cacochyme barbon issu d'une vieille noblesse d'épée. Il s'était rallié tôt à François et bénéficiait des honneurs de la cour du roi des Français.

L'Italien s'empara de sa dextre de la gorge d'Artémis et la pressa :

— Jurez-moi fidélité, madame ! Que nul autre que moi et votre époux n'aient l'usage de ceci, exigea-t-il en caressant de la senestre le bas-ventre de sa conquête.

— Je m'y engage, messire… Messire ?

— Della Torre. Orazio della Torre, jeta-t-il à l'étourdie. Pour vous servir, madame.

Il se redressa et, debout sur la couche, exhiba un vit qu'il estimait glorieux dans le doux rayonnement sélénite. Des sabots claquèrent alors dans la cour, trahissant le retour précipité du seigneur des lieux. Le Vénitien s'attacha à ramasser ses attributs tandis qu'Artémis étouffait un hoquet et agrippait les draps pour s'en recouvrir, manquant le faire choir. Quelle folie l'avait prise ? Il voulut sortir sa lame au clair cependant que la rumeur d'un grand remue-ménage leur parvenait du rez-de-chaussée, mais la petite s'empara de son bras :

— Il vous faut partir, Orazio ! Je ne souhaiterais pas qu'il vous arrivât malheur ! lui lança-t-elle, éperdue alors qu'il tentait de se dégager et que des pas précipités résonnaient dans l'escalier.

Il n'eut que le temps de sauter hors du lit avant que le battant ne s'ouvrit tout à fait, livrant passage à trois hommes : le premier tenait en main dextre une lourde épée à la française et les deux autres de forts bâtons ferrés. Le nez droit et les yeux verts du premier venu ne laissaient que peu de doutes quant à son identité :

— Déposez les armes, messire, il vous faut répondre de tous les méfaits que vous avez commis céans !

— C'est à voir, mais cela n'ira pas sans que nous ayons croisé le…

Orazio reçut alors sur l'occiput un coup porté avec force. Sonné, il se retourna pour découvrir la douce Artémis, brandissant en main la lourde statue de bois de la Vierge Marie qui ornait jusqu'à il y a peu sa table de chevet. Les deux valets du vicomte ne tardèrent pas à le désarmer et à se saisir de lui. Les yeux de la donzelle chantaient à présent une toute autre chanson que celle qu'elle avait tenue au Vénitien avant l'irruption des fâcheux.

— Je suis fort aise de vous voir revenir de si bonne heure, mon père ! s'exclama-t-elle en allant se blottir dans les bras d'y-celui.

— Ce maraud a-t-il abusé de toi, Artémis ? s'enquit le vicomte en serrant la garde de son épée à s'en blanchir les phalanges et en appuyant la pointe de son arme sur la pomme d'Adam du spadassin.

— Non, père, mais il s'en est fallu de peu… J'ai réussi à repousser ses assauts jusqu'à votre venue ; j'ai eu si peur ! soupira-t-elle en affichant sur sa face un angélisme tel que vous lui eussiez accordé l'absolution sans confession. Quel pressentiment a motivé votre retour, mon père ?

— Nul pressentiment, hélas, mais il se trouve que j'étais attendu ce soir dans l'estaminet même où ce faquin s'est enivré avant de se rendre céans. Bien mal lui a pris de donner libre cours à son inclinaison pour l'*assenzio* parce que ce maroufle a conté par le menu le forfait qu'il s'apprêtait à commettre. Cela faisait encore les gorges chaudes du tavernier et de ses clients quand j'y suis parvenu. Le temps pour moi de comprendre que j'étais sa cible, d'enfourcher mon cheval et me voilà ! conclut le vicomte, avant d'ajouter à l'intention de ses sbires : emmenez ce suppôt des enfers hors de ma vue et donnez-lui la bastonnade qu'il mérite. Assurez-vous de briser chacune de ses phalanges pour qu'il ne puisse oncques exercer son détestable gagne-pain. Faites surtout en sorte que plus jamais il ne puisse honorer une femme comme il s'apprêtait à le faire avec ma fille !

Orazio sortit de la chambrée de celle qu'il avait cru pouvoir posséder, solidement encadré par l'homme de main du vicomte et par le valet d'y-celui :

— *Che stronzo sono*[6] ! souffla-t-il, complètement dégrisé.

Bonaventura l'avait pourtant prévenu de ne pas abuser de l'*assenzio*... Cet alcool rendait fou lui avait-il dit la première fois qu'ils en avaient bu de concert. Il aurait dû accorder plus d'attention à cet avertissement ! Il aurait surtout dû ne jamais y porter ses lèvres, pas plus que sur Artémis.

— Qu'est-ce donc que l'*assenzio* ? entendit-il encore Artémis interroger son vicomte de père.

---

[6] Che stronzo sono ! : italien „Quel idiot je fais !"

— Un alcool du Val d'Aoste élaboré à partir d'une plante herbacée connue sous le vocable latin *d'Artemisia Absinthium*.

Et alors le silence se fait
Cynthia Rouzic

« *Qu'il est beau ce poème !*
Si la fée n'est pas Sainte,
Nul doute, pour Noir d'Absinthe,
Il veut dire "Je t'aime" »

Les lèvres posées sur le verre froid,
La jeune fée attend, le regard ancré sur la lune brumeuse,
éthérique,
Et sur le mouvement, hypnotique,
De l'eau verte.
Cette couleur, pure ou éphémère... qu'en sait-elle ? Lui provoque une
douce euphorie.
La saveur douceâtre l'envahissait uniquement quand, à travers ses
lèvres, passait ce liquide,
Compagnon de ses nuits,
Solitaires ou... déchaînées.
L'espace d'un instant, d'un battement de cœur ou de ses ailes
diaphanes,
Comme un fantôme, un spectre, régnant sur les âmes, la fée ne sait pas
si
Elle doit encore une fois s'abandonner.
Alors qu'autour d'elle le calme s'installe, la nuit se revêt de ses
couleurs les plus astrales,
La rivière chuchote de ses plus doux clapotements, sa joie de la voir en
ces lieux.
Approchant le verre, elle respire légèrement, sensuellement, l'arôme
qui la précipite au bord
Du gouffre.
Elle ne tente plus de se raisonner,
Elle se laisse aller,
Goûte à cette jouissance,
Précieuse parmi les précieuses,
Une renaissance couleur émeraude.

La chaleur est intense,
Son dos se courbe.
La fée savoure la sensation de l'herbe sur sa peau nue,

Alors que du liquide coule le long de son menton, de sa gorge et de son corps,
Offerte aux cieux,
Elle se laisse aller,
Le visage auréolé.
Dans son regard, le vert s'engouffre,
Le verre tombe et se brise.
Ses doigts se crispent, de ses lèvres s'échappe un dernier soupir…

Et alors le silence se fait.

Artemisia
Léa Carroué

« Au détour d'un comptoir,
Une étrange invitée,
Amour d'un soir,
Ou pour l'éternité »

J'ai rencontré une fille.

Non… Pas juste une fille. *La* fille. Vous savez, de celles qui vous font tourner la tête dès que vous les croisez dans la rue. De celles qui vous font tomber amoureux à la seconde où vous sentez leur odeur et où vous vous perdez dans leurs yeux félins.

Bref, j'ai rencontré une fille.

Enfin, c'est plutôt elle qui m'a rencontré. J'sais plus trop comment ça s'est passé. Mais elle m'est tombée dessus comme ça, au détour d'un comptoir.

Ouais, j'ai rencontré une fille. Et ça m'a entrainé vachement plus loin que ce que je pensais.

~1~

J'traînais ma carcasse dans la capitale depuis de trop longues années. Paris, la ville de l'amour et de la beauté. Moi, j'y voyais surtout de la crasse et de nouveaux satanés piafs gris qui chiaient sur les passants. Des pigeons et des badauds, c'était tout ce qu'il restait. Les monuments étaient jolis, paraît-il, mais ça faisait un moment que la ligne 7 était devenue mon seul décor. Qu'on se le dise bien. J'n'étais pas une Ombre qu'avait réussi à obtenir Notre-Dame où la place du Louve. Même mon chien m'avait lâché pour un caniche du 16e. J'en étais réduit à attendre, à mi-chemin entre Les Gobelins et Place d'Italie.

Des fois, j'faisais le dessus de la ligne. Le plus souvent, je me posais sous le panneau où les touristes regardaient l'heure du prochain métro et j'attendais qu'ils me voient avec ma tête de clébard dépressif.

Les touristes, ça marche bien. Les Parisiens sont trop vannés pour apercevoir les Ombres. Eux, ils galopent parce qu'ils ont leur grand président — qu'ils ont élu cinquante ans plus tôt — qui leur gueule de se manier, de ne pas être des feignants comme ces saletés de pauvres. Mais les touristes, ils sont loin du président et ils n'sont pas encore bouffés par la pollution. Y a sûrement des trucs dans la fumée qui noircit le ciel. C'est un copain fan de théories conspirationnistes qui m'avait dit ça un jour, avant de se prendre une voiture. Lui aussi il était parti, comme mon clebs, mais un peu plus rapidement.

J'aimais bien les touristes.

Celui qui se penche vers moi a une bonne tête. Du genre gentil. Il a juste un sourire qui n'me revient pas, mais je l'écoute. C'est rare qu'on me parle, alors j'en profite. Souvent on me jette une pièce et un regard attristé. Puis, c'est tout. J'suis qu'une Ombre après tout, à peine un être humain. Mais lui, non, il commence à me taper la causette et il me dit que je devrais venir ce soir aux Furieux, un bar que j'ai aperçu de loin quand j'étais encore un rien gamin. Paraît que c'est à Bastille et que j'y trouverai mon bonheur.

J'lève un sourcil, pas convaincu pour deux sous, et il me refait son sourire chelou. De toute façon, est-ce que j'ai mieux à faire dans mon métro pourri ? Regarder les gens ne m'amuse plus depuis longtemps. Le contenu de l'espèce de coupelle que j'ai mise devant moi pourrait à la rigueur m'offrir un sandwich, et puis son bar, ça me fera remonter sur terre avec une bonne excuse. Pour une fois, j'vais faire comme eux et prendre le métro.

À c't'heure, les molosses du Président contrôlent plus grand monde. De toute façon, les gens sont aseptisés et ne fraudent plus. Quand j'étais gamin et que je lisais de la science-fiction, j'pensais que les robots dirigeraient la Terre entière. Je n'pensais pas qu'on arriverait à transformer les parigots en machines de travail sans volonté propre. Je suis devenu une Ombre à vingt piges. Un clodo, qu'on nommait ça à l'époque. J'étais un anarchiste. Maintenant, j'suis juste un vieux qu'à rien à foutre dans la société de Sa Majesté le Président élu à vie. Je suis un vieux con. Et un vieux con qui bougonne.

J'ai finalement déplié ma longue carcasse et j'ai remonté la file de badauds pour prendre la 7. Normalement, j'ai un unique changement et je monte dans un autre suppo' géant. Mais j'veux marcher et, je l'avoue, j'ai peur de tomber sur un molosse qui me balancerait en garde à vue. Pas que dormir au chaud m'aurait dérangé. Mais j'n'aime pas les gens alors, hors de question que je partage ma nuit avec des inconnus. Y'a que dans les films qu'on est peinard en cellule, j'avais découvert ça tout seul la première fois que je m'étais fait chopper à fumer des cigarettes qui font rire.

Ah. Paris, dans son sommeil sombre. Paris qu'a bien changé depuis l'élection du président-roi. L'a bien fait son coup, lui. Mieux encore que le gamin qu'on a eu avant ou la raciste d'en face. Il a transformé la surface même de la Seine qu'était devenue aussi bleu qu'un lagon. La ville est crade, mais cette saloperie de Seine est propre. Ça fait plus joli pour les cartes postales.

J'remonte les grands boulevards jusqu'à Bastille. Je me sens l'âme d'un révolutionnaire de pacotille à grogner sur le monde sans jamais avoir rien fait. J'tourne dans une rue qu'aurait été pleine de vie trente ans plus tôt. Les bars sont fermés et les planches qui masquent ce qui furent des entrées tiennent par l'opération du Saint-Esprit. Il est d'ailleurs en face, Lui, dans une Église moderne qui me pique les yeux. J'préfère les vieux bâtiments, ceux qui datent d'une époque où on faisait de belles choses au lieu de buter des hommes pour un peu plus d'argent.

Bon, j'vous ai dit que j'avais rencontré une fille et là, vous vous dites que vous n'voyez pas où j'veux en venir avec mes élucubrations sur Paris. Mais c'est là justement que je l'ai vue. C'était p't'être pas le lieu idéal, je l'avoue.

Mais j'suis rentré dans le bar et elle m'est rentrée dedans.

~2~

Elle m'attendait, j'en suis sûr. Elle était au comptoir. Des yeux d'émeraude, une robe de cristal et les bras ouverts. C'est le mec bizarre du métro qui me l'a présentée. Moi, j'ai dit oui avec mon grand sourire benêt. J'ai sombré dans l'éclat de jade de ses iris, dans le feu qu'elle allumait dans mon corps et dans ma gorge.

En trente minutes, j'étais amoureux.

En une heure, j'refaisais encore le monde.

En deux, on partait en voyage ensemble.

Ça a été une belle virée. On a quitté le bar et je n'ai pas revu l'homme du métro. Elle m'a guidé dans un Paris que je n'avais jamais vu. Durant vingt-quatre heures, j'ai eu l'impression d'être une gamine à couette passée de l'autre côté du miroir. Manquait plus qu'un chat qui sourit et j'étais parfait.

Je l'ai suivie. C'était une jolie fée qui rendait le monde vert. Je n'savais toujours pas comment elle s'appelait. J'lui ai demandé à un moment, ne tenant plus de ne pas l'avoir sur le bout de la langue pour le chantonner. Elle m'a dit Artemisia. J'ai trouvé ça tellement beau qu'un nouveau sourire niais a fleuri sur mes lèvres. Ça m'a fait penser à la veille déesse grecque d'y a trois millénaires. Elle avait une tronche un peu semblable avec ses cheveux de jade et ses yeux d'émeraude.

Dehors, elle avait transformé le monde. Sur les gros bâtiments historiques, elle avait foutu des plantes. Le béton avait cramé et s'était craquelé. Artemisia a pris ma main et on s'est envolés, comme dans Peter Pan. J'ai remarqué qu'un espèce d'arbuste revenait plus que les autres. Recouverte d'un long poil soyeux blanc comme la neige, avec des feuilles de cinq mètres. Ça donnait un charme tout particulier à Paris, comme une forêt tropicale autrefois détruite par la civilisation. Dans notre monde envahi par le bitume, j'pouvais presque dire que c'était joli.

Je n'pensais pas que la suivre me ferait cet effet. Je me sentais l'âme d'un héros, d'un valeureux chevalier. Fini l'ombre et les rats du métro. Maintenant, j'étais prêt à tout affronter. Et Artemisia m'encourageait dans ce chemin.

Pas d'embuches. Pas de monstres. Que des plantes et des ailes dans le dos. Que des doux sourires et des sages murmures.

Puis Artemisia a voulu aller plus loin. Nos lèvres se sont trouvées, nos corps se sont touchés. J'étais au paradis, avec le cœur qui battait bien plus vite et plus fort. Jamais j'n'étais parti aussi loin aussi vite. Faut dire que j'n'avais pas l'habitude qu'on prenne autant soin de moi. Normalement, on m'regardait de haut, et j'n'avais pas non plus la gueule d'une divinité grecque. Ce soir, j'avais l'impression d'avoir trouvé du réconfort. Y avait qu'une seule personne qu'avait réussi à me faire autant d'effet, et sa robe était ambrée, mais je l'avais oublié à l'aube avec un mal de crâne qui ne laissait aucun doute sur les coups qu'elle m'avait jetés en plein visage.

On est repartis à deux avec Artemisia. Juste après ce moment de bonheur. J'avais l'impression d'avoir pour de bon trouvé la femme de ma vie. J'étais amoureux et je l'aurais suivie quoiqu'elle puisse me demander. J'ai cassé la gueule d'un gars qu'a osé la regarder de trop près. J'ai grogné sur un Molosse qui m'a fixé comme si j'étais le dernier des trous de cul, mais qu'a pas sorti les crocs. J'étais fou de m'attaquer à une force armée de notre cher gouvernement, mais je m'en foutais parce qu'Artemisia riait. Personne ne peut imaginer à quel point son rire me transportait. J'allais m'abreuver à ses lèvres trop régulièrement, comme un drogué en manque de sa si belle dose. J'voyais bien que le monde changeait autour de nous au gré des volontés de ma déesse. Il se teintait toujours plus d'émeraude et de fleurs. Les gros piliers cylindriques qui supportaient les affiches de ciné s'étaient fait coloniser par les arbres qui les entouraient. Artemisia avait des pouvoirs magiques et personne ne pouvait rien contre ça. J'n'avais jamais cru à la magie avant. J'suivais juste le monde, la technologie qu'avançait comme un énorme bulldozer. Pour moi, l'fantastique c'était que dans les bouquins que j'n'aimais pas lire…. Ma déesse me prouvait le contraire sans même que j'aie besoin de l'espérer.

On a marché longtemps ensemble. Elle me faisait découvrir des recoins de Paris que je n'avais jamais vu. Le bar était loin et les rues étaient bien plus belles maintenant qu'il y avait de l'herbe et moins de béton. J'avais quitté la capitale aseptisée et je me serais presque cru dans la campagne de mon enfance, quand mes parents étaient encore là avec leurs idées bohèmes. Élever des vaches en Ardèche, monter une crêperie en Bretagne et partir jusqu'au bout du monde avec juste un sac à dos pour vivre au jour le jour. C'étaient ces mêmes rêves qui les avaient tués si je me souviens bien, mélange d'avion et de bovin. Mais là, obnubilé par Artemisia, je me souvenais surtout plus de grand-chose.

Je commençais pourtant à fatiguer. Contrairement à mes vieux, j'n'étais pas un voyageur ou un marcheur. J'étais un poteau fixé sous mon panneau de la 7. Rien d'autre. Alors, j'avais mal aux pattes et j'ai eu besoin de m'appuyer contre un mur pour reprendre mon souffle. La tête m'en a tourné pendant que je dégobillais un liquide vert que je n'me souvenais pas avoir ingurgité. Artemisia a couru vers moi, ses grands yeux inquiets. Elle a retenu mes cheveux, trop longs et trop gris.

— Tu vas bien *habeeb* ?

Le dernier mot avait glissé de ses lèvres, chantonnant là où il aurait dû être rauque. C'était la première fois que j'entendais sa voix. J'ai levé la main jusqu'à son visage, caressant sa peau que je devinais plus sombre que ce qu'elle m'apparaissait. Mes doigts glissèrent entre ses boucles de jade. J'avais été si hypnotisé par la couleur émeraude de ses yeux que je n'avais vu l'épais trait de khôl qui lui soulignait son regard si félin. Elle ressemblait à une déesse égyptienne malgré son nom grec. J'étais perdu et le fus encore plus lorsqu'elle vint embrasser mes lèvres. Je ne voulais pas, j'venais de gerber… Je voulais tant. J'n'ai de toute façon pas eu le choix.

J'me suis relevé, avec l'aide d'Artemisia. Elle envenimait mes sens… Non, j'étais dur dans mes mots. Elle les ensorcelait. C'était donc ça. Ma déesse, c'était une sorcière. C'était une fée verte, sortie de nulle part, découverte par hasard et l'inconnu chelou qui m'avait amené jusqu'au bar était mon génie de la lampe. Je ne voyais pas d'autre explication plus réaliste…

Durant une seconde, j'ai eu envie de me poser, de reprendre ma respiration. J'avais jamais capté à quel point il faisait nuit lorsque Paris se couvrait de ténèbres et abandonnait le soleil. Mais Artemisia m'a fait ses yeux de biche, m'a encore embrassé, m'a offert de boire une rasade d'une bouteille qu'elle n'avait jamais tenu dans ces mains. Le breuvage coulait dans mes veines comme du courage liquide, comme une force que je n'connaissais pas. J'ai souri, comme un couillon, et puis on est reparti.

La Seine avait changé de couleur, pour la beauté de mes sens. Paris était unique, Paris était merveille. Mais ce putain de fleuve, il était plus beau que tout. Artemisia m'a fait un sourire enjôleur avant de se lover contre moi, féline. Elle en voulait plus. Toujours plus. Je sentais le galbe de ses seins contre ma peau, tendus par le désir, et j'ai lutté contre la fatigue pour la suivre pendant qu'elle quittait les dernières feuilles qui la séparaient d'Ève, me dévoilant son corps. Elle a attrapé mes lèvres, faisant glisser dans ma gorge toute sa passion. Comme des enfants, on a sauté dans onde bleue. J'avais l'impression de m'enfoncer dans un océan de coton alors que ma sirène me tirait toujours plus loin avec elle.

J'ai coulé quelque temps pendant qu'elle se blottissait dans mes bras. J'avais sûrement rêvé être tombé dans l'eau parce que je ne voyais plus qu'elle. C'n'était pas dans la Seine que j'avais sauté, c'était dans ses yeux que je me noyais. Heureux comme un enfant parce que j'étais avec elle. Fier.

Amoureux.

~3~

— *Delta Charlie Delta.*

Le chant des sirènes faisait résonner une étrange mélodie. Sur les bords de la Seine, les gyrophares se reflétaient dans l'eau comme dans un miroir méticuleusement nettoyé. Le murmure de la mort était envoyé à toutes les unités de police, comme une rengaine macabre.

Jean Lecoq était un Molosse tout ce qu'il y avait de plus banal. Nom banal, prénom banal, métier banal. Pas de promotion, pas de famille.

Il passait ses journées à ramasser des cadavres d'alcoolos en lendemain de cuite, ceux qu'étaient tombés dans la Seine ou qui s'étaient pris une poubelle un peu trop violente. Celui qu'ils avaient péché aujourd'hui était bien plus intéressant que d'habitude. Les noyés, ce n'était vraiment pas ce qu'on pouvait trouver de plus sexy et ça, Jean il pouvait le confirmer après tous les macchabées qu'il avait pu rencontrer dans sa carrière. Celui du jour, il avait pourtant une sacrée gueule.

Sa peau, normalement bleue comme tout bon noyé qui se respecte, avait viré au vert, comme si cet abruti avait moisi. Il n'avait pas la tête déformée par la suffocation, juste un sourire d'imbécile vissé sur les lèvres. Ses cheveux gris, filasses, formaient comme des touffes réparties aléatoirement sur sa caboche. Il avait des rides à pas mal d'endroits, sûrement bien plus jeune que ce que son visage tanné par la vie voulait bien dire.

— Foutez le sous plastique les gars, prenez-vous pas la tête, c'est juste un déchet de bringue de plus, gueula un de ses collègues.

Les sourcils de Jean se froncèrent malgré les ordres.

Des noyés verts, il n'en avait pas vu beaucoup, mais ils se multipliaient depuis quelque temps. Toujours la même mise en scène, toujours le sourire couillon et toujours cette couleur qui n'avait rien de naturel. De là à parier sur le tueur en série, il n'y avait qu'un pas que Jean franchît facilement. Ou bien c'était un nouveau truc dans les verres qui rendait les gens barges avant de faire sauter dans la flotte. Il s'approcha du corps, plissant le nez au moment même où un blanc-bec tout fraîchement muté dégobillait ses tripes sur les bords du quai.

— Mais j'le r'connais le gars. C'est l'Ombre de la 7, quand tu changes pour aller à Villejuif. C'est l'mec qui fait toujours une gueule de six pieds de long.

Les yeux du molosse se tournèrent immédiatement sur celui qui avait eu la bonne idée de trop prendre le métro. Il releva un sourcil avant de pousser un profond soupir. Une Ombre... Soit une enquête supplémentaire à foutre dans les non classées. Fallait comprendre. L'argent qui payait les molosses était public et ne pouvait pas être dépensé pour des gens que rien ni personne n'allait chercher...

Comme à chaque fois qu'ils trouvaient un noyé vert. Toujours des Ombres qui ne manqueraient à personne. Le Président lui-même avait dit que ceux qu'on appelait les clodos auraient mieux fait de s'impliquer dans la vie et de chercher du travail. Personne ne ferait rien pour ce corps.

Le monde avait bien changé, offrant aux monstres de sortir des ombres sans que personne ne cherche à les comprendre ou les interrompre.

Et j'avais rencontré une fille.

Vert baiser
Marin' Maltese

*« Attention au Vert Baiser,
dénué de toute sagesse.
Son but est de consommer
et d'anéantir par l'ivresse. »*

Encore une fois, je vais manquer de fluide. Ma magie s'étiole à mesure que mes réserves s'amenuisent et ça me contrarie. Je le suis d'autant plus que l'échoppe au bout de la rue est en rupture et que personne ne peut m'en fournir avant que je sois totalement en rade. À défaut de m'en procurer, le vendeur m'a proposé un truc sous le manteau. Rien qui vaille la peine, j'en ai peur.

Me voilà donc avec une fiole de belle facture, remplie d'un liquide vert fluo que la sagesse m'empêche de consommer. J'ignore d'ailleurs pourquoi je l'ai acceptée, sans compter qu'elle m'a coûté une blinde.

J'erre dans le parc à la recherche d'un vendeur à la sauvette, le flacon dans la poche. Pas âme qui vive, c'est bien ma veine.

Le manque commence à se faire sentir. Il devient plus insistant à chaque pas. D'abord physique, il s'insinue maintenant dans ma tête. Il s'amplifie, la privation nourrissant la sensation de carence. Mais putain, y'a bien un clampin dans ce bled qui voudra me vendre du fluide et se faire un max de thune sur mon dos, non ?

Apparemment pas.

Une chorale chante sur la place. Je m'approche, espérant qu'elle saura détourner mon attention, mais mes sens déforment sa prestation. Les créatures féériques qui la composent d'ordinaire si jolies, se muent en monstres hideux tandis que leurs voix mélodieuses deviennent atrocement stridentes et dysharmoniques.

Quelque chose cogne dans ma tête. Si ça continue, elle va exploser. Mais que se passe-t-il ? Ce n'est jamais si violent d'habitude… Il faut reconnaitre qu'en temps normal, je n'attends pas d'être à sec pour faire le plein.

Je titube jusqu'à un banc situé plus loin et m'assois. J'ai soif tout à coup. Je n'ai rien à perdre à tenter d'avaler le contenu de cette maudite fiole. Je l'ouvre et une vapeur émeraude s'en échappe déjà, s'infiltrant directement dans mes narines. Ce n'est pas désagréable... Je porte le minuscule goulot à mes lèvres et engloutis d'une traite la potion devenue verdâtre. Pouah ! C'est infâme ! Cette amertume me râpe la gorge, j'en ai presque la nausée. Je me lève d'un coup, manquant de chavirer face à la force de mon propre élan et m'accroupis, la tête entre les genoux : je suis prête à expulser cette horreur de mon estomac.

C'est alors que j'aperçois une petite chose verte qui scintille à m'en faire pleurer. J'essuie mes larmes avec ma manche, cligne des yeux... pas de doute, elle est bien là et m'invite à m'enfoncer plus profondément dans le parc. Je la suis comme je peux, voutée, une main sur le front et l'autre sur le ventre, la démarche chancelante. J'ai du mal à me repérer dans l'espace, mais aucun obstacle ne semble se trouver sur mon chemin.

Elle s'arrête enfin au pied d'un arbre immense dont le feuillage opulent masque l'agression lumineuse de la ville. J'ouvre un peu plus les yeux et contemple ahurie le minuscule être qui volète devant moi. Il présente toutes les caractéristiques d'un humain, à ceci près qu'il est ridiculement petit et dispose d'ailes de libellules implantées dans son dos. À l'observer de plus près, il s'agit d'une femelle. Sa tenue légère dissimule à peine ses formes si bien dessinées. Elle est merveilleuse. Je ne peux détacher mon regard de sa perfection. Ses habits vaporeux dévoilent son corps à chaque mouvement. Je suis conquise. Comment ai-je pu autant hésiter ? Ce n'est pas de fluide dont j'ai besoin, c'est d'elle...

Je me sens si bien à ses côtés, je me laisse emporter dans sa danse. Gênée par mes vêtements un peu trop serrés, je les ôte pour rester en petite tenue. Là, je suis plus à l'aise. Je me déhanche au rythme de son chant que j'entends à présent et lui souris. Elle m'adresse un clin d'œil et s'approche de mon visage. Je ferme les yeux. Si je continue de la regarder, je vais loucher tant elle se tient près de moi. Quand soudain, je sens le contact de ses adorables lèvres sur les miennes. Je me laisse envahir par sa chaleur. Des vagues brulantes déferlent dans mon corps jusqu'à faire imploser mon cœur.

*

— Monsieur Green ? C'est bien vous qui avez appelé la Police féérique ?

— Oui, monsieur l'officier, c'est moi... Je... Il est là, indique-t-il en désignant du doigt un amas vert caca d'oie.

— Seigneur ! Vous avez raison ! Il s'agit bien d'un corps ! Gardez ça pour vous, mais c'est le troisième que nous retrouvons dans cet état cette semaine... Nous en ignorons la cause pour le moment, précise le flic, manifestement chamboulé par l'horreur qu'il a sous les yeux.

*

Tandis que le légiste m'enferme dans un sac sombre, je reprends conscience, dans l'impossibilité pourtant de bouger mon corps. L'euphorie est passée. Je ne danse plus. Le baiser de la fée verte n'a pas été létal, il m'a simplement momifiée vivante. Dieu seul sait si je survivrais à mon autopsie.

Joyeux Anniversaire Noir d'Absinthe
Collectif

« *Ce ne sont pas des mots dits*
Mais des mots écrits, porteurs de lumière,
Car tout comme l'ombre, l'absinthe la première,
Fut-elle noire, a besoin de gloire aussi. »

Un très bon anniversaire à Noir d'Absinthe ! Félicitations à Dorian Lake pour le merveilleux travail accompli jusqu'ici. Les illustrations comme les textes font rêver ! Je souhaite à la maison une merveilleuse réussite. Continuez à nous régaler de vos romans !

A.D. Martel

Je souhaite un très bon anniversaire à Noir d'Absinthe qui prouve depuis un an qu'une maison d'édition soucieuse de ses auteurs et de leurs textes est possible. Tous mes meilleurs vœux pour cette prochaine année aux belles promesses littéraires. Que « NdA » continue de nous faire rêver au gré de l'Imaginaire, de prendre soin de sa communauté de lecteurs comme de ses plumes.
Parce que Noir d'Absinthe est bien plus qu'une simple maison d'édition…
C'est une famille.

Alexiane Thill

Je souhaite un joyeux anniversaire à Noir d'Absinthe, ainsi que beaucoup de succès, de joie, de rires, de larmes, de toutes ces émotions qui font chavirer le cœur et offrent de belles histoires. Merci à vous d'exister ! Santé !

Alicia Alvarez

Une maison d'édition au nom un peu sombre, mais qui regroupe en son sein un éditeur et des auteurs rayonnants de lumière, de talent et de gentillesse.

Andréa Deslacs

J'ai découvert les éditions Noir d'Absinthe il y a quelques mois, et avec elles, une communauté de lecteurs passionnés, ainsi que des auteurs et illustrateurs de talent. Je souhaite à toute l'équipe un très bon anniversaire ! J'espère de tout cœur que cette folle aventure vous mènera loin et je nous souhaite à nous, lecteurs, de poursuivre encore longtemps nos découvertes littéraires à vos côtés.

Camille Salomon

Bon anniversaire Noir d'Absinthe ! J'espère que notre petit cadeau va vous plaire ! Le collectif *Absinthe n'y Touche* s'est réuni pour vous rendre hommage au travers de nouvelles et de poèmes inédits. Je suis très heureuse de faire partie de cette aventure et de vous montrer à quel point j'admire votre travail ! Je vous souhaite beaucoup de bonnes choses pour cette année, plein de belles découvertes !

Cynthia Rouzic

Un joyeux anniversaire à la plus géniale des familles d'édition.

Cyrielle Bandura

Un an ! Je ne sais pas si je dois dire « déjà » ou « seulement » quand on voit tout le chemin parcouru. Ce dont je suis sûre, c'est que je suis extrêmement fière de faire partie de cette aventure, de cette famille que tu as créé, mon cher Dorian. Que cet anniversaire soit le premier d'une longue série ! Merci pour tout.

Fabienne Boerlen

Joyeux anniversaire à cette folle maison d'édition. Merci pour tout ce que tu as fait Dorian, merci d'avoir su créer un monde où rêver devenait si facile. Merci d'être là, d'encourager tous ceux que tu croises, d'avoir toujours la main sur le cœur et d'être toujours prêt à donner. Fête bien les un an de ton petit bébé mais attention : l'abus d'Absinthe est mauvais pour la santé.... et parfait pour la créativité

Léa Carroué

Intégrer le Comité de lecture de Noir d'Absinthe a été l'un de mes plus beaux cadeaux d'anniversaire : j'y ai appris aussi bien sur moi-même que sur ce monde de l'écriture et y ai découvert des amis sincères que je compte garder précieusement, tel un trésor inestimable. Aujourd'hui, c'est mon tour de souhaiter un heureux premier anniversaire à NdA ! Je ne suis pas autrice – même si ce n'est pas l'envie qui manque – mais il m'a semblé qu'aucun cadeau ne serait plus approprié qu'un texte spécialement imaginé pour l'occasion. Merci NdA Family et merveilleux anniversaire !

Marin' Maltese

Joyeux anniversaire Dorian Lake, joyeux anniversaire Noir d'Absinthe, joyeux anniversaire Isulka, joyeux anniversaire Taylor Velázquez, … Cela ne s'arrêtera-t-il donc jamais ? Cette maison d'édition me ruine ! Mais je suis très heureux de faire partie de cette belle famille et c'est avec émotion que je lève mon verre (d'absinthe) à ce premier anniversaire.

Philippe Aurèle Leroux

Un an. Voilà déjà un an que cette belle maison d'édition qu'est Noir d'Absinthe a vu le jour. Comment ne pas être admirative de tout ce travail que tu as accompli Dorian ! Je suis très heureuse et fière de pouvoir participer à cette aventure palpitante que tu es en train d'écrire. Je lève donc mon verre à ta réussite et c'est avec enthousiasme que je souhaite un très joyeux anniversaire à Noir d'Absinthe !

Sarah D. Fortier

Remerciements

Je voudrais ici chaleureusement remercier toutes celles qui ont porté avec moi ce projet : Alexiane, Alicia, Andréa, Camille, Cynthia, Sarah et bien sûr mes deux complices, Fabienne et Marine.

Je voudrais tout particulièrement insister sur l'admirable travail de Sarah concernant l'illustration de couverture et d'Alexiane pour les corrections, réalisées dans des délais *plus-courts-tu-peux-pas*.

Je voudrais également saluer l'implication d'Alicia qui avait vraiment à cœur de participer à la célébration de cet anniversaire, malgré la phase de burn out littéraire qu'elle traversait alors. J'espère que sa participation à cet ouvrage aura contribué à lui remettre la plume à l'encrier.

Merci à Noir d'Absinthe d'exister, à Dorian Lake de si bien l'animer et de m'avoir accepté au sein de son comité de lecture. Merci enfin à Emilie Chevallier Moreux pour l'implication et l'application dont elle a fait preuve lors de l'appel à textes *La folie et l'absinthe*, indirectement à l'origine de ce projet-ci.

Avec toute mon amitié,

Table des matières

Niwie Ninon – *Fabienne Boerlen*	7
D'argile et d'ezatrium – *Andréa Deslacs*	17
La Fée Verte – *Alicia Alvarez*	33
Abominations, Absinthe et Valhalla – *Camille Salomon*	37
Artemis et l'absinthe – *Philippe Aurèle Leroux*	51
Et alors le silence se fait – *Cynthia Rouzic*	63
Artémisia – *Léa Carroué*	67
Vert baiser – *Marin' Maltese*	79
Joyeux Anniversaire Noir d'Absinthe – *Collectif*	85
Remerciements – *Philippe Aurèle Leroux*	90